꿈꾸는 유령

방과후강사 이야기

꿈꾸는 유령

방과후강사 이야기

김 경 희

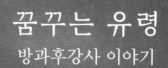

호밀밭

일러두기

1. 본문에 등장하는 사람 이름은 모두 가명을 사용했다.
2. 통념상 하나로 굳어진 단어는 붙여 썼다.
   예) 방과후강사, 방과후선생님, 방과후학교, 방과후수업,
   방과후교육 등

들어가며

2020년 봄이 아쉽게 끝나가는 무렵이었습니다.

코로나19 때문에 눈코 뜰 사이가 없을 만큼 정신이 없을 때 출판사로부터 책을 써 보자는 연락을 받았습니다. 세상에는 무수히 많은 책이 먼지 속에 쌓여 있는데, 내가 책을 쓴다면 책 공해가 될 거 같아 망설였습니다. 그러다 방과후강사에 관한 이야기를 세상에 꼭 알리고 싶다는 호밀밭 출판사 편집자님의 진정성 있는 설득에 책 출간을 결심했습니다.

저의 버킷리스트에는 책 출간이 포함되어 있었지만, 이렇게 빨리 현실로 다가올지 몰랐습니다. 더군다나 방과후강사 이야기를 다룬 책을 쓸 거라곤 전혀 예상하지 못 했습니다. 무엇을 써야 책 한 권을 다 채울 수가 있을까 걱정하며 글 소재들을 하나둘 써 내려갔습니다. 30분도 안 되어 40여 개의 소재를 떠올리며 스스로 깜짝 놀랐습니다. 방과후강사에 대해 하고 싶은 이야기가 이렇게 많았구나!

그렇습니다. 이 책은 저 혼자 쓴 게 아니라 12만 전국 방과후강사가 몸과 마음으로 쓴 글입니다. 이 책에 나오는 방과후강사들의 사연은 이름만 가명일 뿐 실제 있었던 이야기입니다. 단지 제가 그들을 대신해서 세상에 알리는 역할을 했을 뿐입니다. 저는 글을 쓰는 전문 직업인이 아니기에 많이 서툴고 부족합니다. 그럼에도 12만 방과후강사가 교육 현장에서 겪는 아픔, 숨죽인 울음, 감동과 기쁨을 날 것 그대로 쓰고자 노력했습니다.

이 책을 읽으며 '맞아, 내 이야기구나!' 하고 공감하는 방과후강사들이 많을 거라 생각합니다. 조금 더 욕심을 내어 일반 독자들이 공감해주고, 더 나아가 열악한 처지에서 고군분투하는 우리 방과후강사들을 격려해 준다면 더 없이 감사하겠습니다.

이 책을 쓰면서 마음 한편에 걸리는 게 있습니다. 책을 통해 방과후강사들이 교육 현장에서 겪는 각종 갑질 사례를 많이 다루었습니다. 이 자리를 빌려 말씀드립니다. 대부분의 교장 선생님이나 교사들은 아이들을 아끼고 사랑하며 오로지 교육에만 힘쓰고 있습니다. 그런 분들은 당연히 방과후강사를 존중하고 방과후교육에도 최선을 다하고 계십니다. 무엇보다 몇몇 사람을 나쁘게 만드는 데 그치고 싶지 않습니다. 방과후강사가 겪는 비인격적인 대우나 부당함은 몇몇 사람의 개인적인 문제가 아니라고 생각합니다. 합리적이지 못한 교육 행정과 방과후학교 운영, 무엇보다 노동 전반에 대한 정책 부재가 근본적인 문제라 확신합니다.

2020년은 전 세계적으로 '코로나19'라는 듣도 보도 못한 질병과 싸운 한 해였습니다. 새로운 질병은 각 나라의 내공을 엿보게 했습니다. 우리가 전통적으로 선진국이라고 생각했던 나라들의 민낯과, 아직은 선진국이 아니라고 생각한 나라들의 질서 있는 시스템을 경험한, 마치 리트머스 시험지와 같은 한 해를 보냈던 거 같습니다.

코로나19와 비교할 일은 아니지만, 방과후학교도 새로운 교육의 형태라는 점에서 우리 방과후강사들은 리트머스 시험지가 아닐까 싶습니다. 초기에 방향을 잘 설계하고 실천한다면 순기능을 하겠지만, 기득권자들이 자신의 기득권을 유지하기 위한 수단이 된다면 지금보다 더 밝은 미래를 맞이하기 어려울 거라 확신합니다.

그래서 저는 '정책'이라는 벽을 기어오르는 담쟁이 잎 하나가 되어, 수천 개의 담쟁이 잎을 이끌고 힘겹게 그 벽을 넘고자 합니다. 12만 개의 담쟁이 잎이 세상이라는 견고한 담벼락을 아름답게 감싸 안을 때까지, 끝없이 나아가겠습니다.

끝으로, 이 글을 쓸 수 있도록 소중한 기회를 주신 호밀밭 출판사에게 감사의 인사를 전합니다.

저것은 벽
어쩔 수 없는 벽이라고 우리가 느낄 때
그때
담쟁이는 말없이 그 벽을 오른다.
물 한 방울 없고 씨앗 한 톨 살아남을 수 없는
저것은 절망의 벽이라고 말할 때
담쟁이는 서두르지 않고 앞으로 나아간다.
한 뼘이라도 꼭 여럿이 함께 손을 잡고 올라간다.
푸르게 절망을 다 덮을 때까지
바로 그 절망을 잡고 놓지 않는다.
저것은 넘을 수 없는 벽이라고 고개를 떨구고 있을
담쟁이 잎 하나는 담쟁이 잎 수천 개를 이끌고
결국 그 벽을 넘는다.

도종환 「담쟁이」

chapter 2 복도를 서성이는 유령, 방과후강사

chapter 3 사유서 제출하고 장례식 가세요

chapter 4 쉰 살에 꿈을 꾸다

chapter 1

나는 어떻게 방과후강사가 되었나

"오늘은 서재에 있던 식탁, 장식장,
책꽂이, 복사기가 사라졌다.
더불어 숱하게 쌓여 있던 수업 준비물도 버렸다.
15년 수업의 역사가 한순간에 사라지는 느낌이다.
고맙고 아쉬운, 내 노동의 살점들이다."

주부에서 독서논술 선생님으로

대학 졸업 후 곧장 결혼을 하려 했다. 맞선을 여러 번 봤지만, 배우자를 찾는 것이 쉽지 않았다. 결국 20대 후반까지 직장도 없이 세월만 보냈다. 그러다 이대로는 안 되겠다 싶어 진로 고민을 다시금 시작했고, 이내 드라마 작가가 되기로 결심했다. 방송국 연수를 받기 위해 서울에 올라갔다. 6개월 정도 연수를 받으며 스스로 재능이 없다는 사실을 깨닫게 되었고, 우연한 기회로 '글사임당'이라는 학습지 회사에서 일을 시작했다. 그때가 29살이었다.

결혼과 함께 시부모님이 계신 부산에서 새로운 생활이 시작되었다. 당시 34살이었는데 그때만 해도 늦은 결혼이라 바로 아이 두 명을 낳았다. 16년째 중풍을 앓았던 시어머니와 매달 가계부 검사를 하던 시아버지를 모시고 사느라 몇 년은 정신이 없었다. 그렇게 30대의 어느 순간들은 흔적도 없이 사라져버렸다.

평범하지 않은 시집살이를 더 이상 견디지 못하고 결혼

7년 만에 분가하여 경기도 일산에 새 터전을 잡았다. 남편이 하던 사업이 잘 안 되어서 전세를 구할 형편도 아니었다. 다만 시부모님을 모시던 고단함에서 벗어날 수 있다는 해방감 앞에서 경제적 궁핍함은 큰 문제가 아니었다.

부산 생활을 접고 도착한 일산은 그리 낯설지 않았다. 결혼하기 전에 짧게 산 경험이 있어서 일산은 나에겐 안정감을 주는 지역이었다. 일산에 이사 와서 처음 몇 달은 동네 엄마들과 육아 이야기, 세상 이야기를 하면서 시간 가는 줄 모르고 지냈다.

일산에 왔을 때가 초겨울이었는데, 이듬해 큰애가 초등학교에 입학했다. 당시 큰애가 다니던 초등학교에선 아이들이 일 년 동안 체육 시간에 활동한 모습을 찍어서 학예회 때 학부모와 반 친구들에게 보여주고 있었다. 사진을 찍은 아이는 근육병을 앓아서 휠체어를 타고 다녔던, 장애가 있는 아이였다. 그 아이는 입학할 때만 해도 건강한 모습이었는데 근육병이 점점 악화되면서 결국은 휠체어 없이는 걸을 수 없는 지경이 된 슬픈 사연을 가지고 있었다.

체육 수업 첫 시간, 담임선생님은 그 아이에게 교실을 지키라고 말하는 대신 오히려 카메라를 건네주었다. 그리고 1년 동안 반 친구들의 일상을 카메라 렌즈에 담도록 했다.

그렇지 않았다면 그 아이는 4년 동안 체육 시간에 우두커니 교실을 지키는 신세를 면치 못했을 것이다. 그렇게 아이는 좋은 담임을 만난 덕분에, 체육 시간 내내 이곳저곳 활발하게 뛰어다니는 사진사가 될 수 있었다. 사진을 찍는 동안은 그 아이는 더 이상 근육병 환자도, 장애아도 아니었다. 누구보다 활발하고 에너지 넘치는 모습으로 사진 찍는 일에 몰두하는 자유로운 몸이었다. 그 아이는 친구들의 표정 하나하나를 렌즈에 담으면서 수업의 즐거움을 그 누구보다 만끽하며 건강하고 행복한 아이로 성장하고 있었다. 당시 나는 동네 학부모에게 이 내용을 전해 들었다. 나만 알고 있기엔 아까운 사연이라 생각했다. 나는 그 사연을 신문사에 제보했다. 이후 3일 만에 독자 제보란에 기사로 실렸다. 기사 반응이 폭발적이었고, 이후 내가 제보한 내용은 〈TV동화 행복한 세상〉에도 나오게 되었다.

당시 큰애가 다니던 초등학교의 분위기는 좋지 않았다. 6학년 학생이 담임을 폭행해서 뉴스에 보도되었고, 그 탓에 외부에서 학교를 바라보는 시선이나, 학교 내부 분위기나 모두 어수선했다. 그런 시기였기에 내가 제보한 미담 기사는 더욱 특별했다. 기사는 학교 이미지를 전환시키는 계기가 되었고, 학교에서 여러 선생님의 입에서 회자되었다. 자연스레 그들의 관심은 어떤 학부모가 제보를 했는가로 향했다. 그 소식을 들은 나는 아이 편으로 제보한 기사를 스크랩해서 담임선생님에게 전달했다.

얼마 뒤, 아이 담임과 얘기를 주고받다가 우연히 방과후강사에 관한 이야기가 나왔다. 어떻게 하면 방과후강사가 될 수 있는지 물었더니, 담임은 교장 선생님께 추천을 해 보겠다고 대답했다. 나는 그저 방과후강사가 되기 위한 자격이나 취업 방법에 대해서 문의한 것인데, 선생님은 내가 학교를 위해 좋은 일을 했다고 생각하며 도움을 주고 싶어 했다. 그렇게 나는 정식으로 면접을 보고 그 학교의 방과후강사로 채용되었다.

물론 이전에 부산에서 병설 어린이집이나 사립유치원에서 방과후강사로 일한 적이 있긴 했다. 또한 학습지 회사에서 오랜 기간 교재 집필 연구원으로 일하기도 했다. 거기다 글쓰기 관련 자격증이 몇 개 있었으니, 자격이 부족하지는 않았다. 아무튼 나는 아이의 영어학원비라도 벌어야겠다는 소박한 마음으로 방과후강사의 길로 들어서게 되었다. 그렇게 동네 아줌마들과 수다 떨던 '누구누구의 엄마'에서, 우연한 기회로 방과후학교 독서논술 선생님이 되었다.

그 이듬해 첫 수업을 시작했는데 신청자가 무척 많았

다. 원래는 저학년 반 20명, 고학년 반 20명이 정원이었다. 그런데 60여 명이 신청하는 놀라운 일이 벌어졌다. 일주일에 5시간, 이틀을 출근했고 급여는 160만 원 정도 되었다. 첫 달부터 의외의 수입을 맛본 나에게 방과후강사라는 직업은 무척 매력적으로 다가왔다. 주 이틀만 출근하는 것도, 1시까지 출근해서 5시에 퇴근하는 것도 당시 나의 상황에서는 최상의 조건이었다. 살림을 하면서 일하는 데 아무런 지장이 없었다. 무엇보다 어린 두 아이를 양육하는 데도 불편함이 없었다. 내가 가장 잘 가르칠 수 있는 글쓰기 수업을 할 수 있고, 학교라는 공적인 영역의 일원이 되었다는 사실도 커다란 안정감을 주었다.

첫 수업을 준비하던 날, 아이들과 만날 생각에 절로 설레어 잠을 설쳤던 기억이 난다. 그렇게 첫사랑과 만나듯 기대와 설렘으로 60여 명의 아이와 처음 만났다. 그 순간, 단순히 지식을 전달하는 강사보다 마음과 정서를 나누는 독서 선생님이 되어야겠다고 결심했다. 그렇게 나는 방과후강사가 되었다. 어느새 15년이나 지난, 특별한 기억이다.

내가 사랑한 내발산초등학교

나는 고양시에 15년째 살고 있다. 그래서 수업 나가는 지역은 주로 일산, 김포, 파주 지역이다. 방과후강사들은 매년 면접을 보고 주로 1년짜리 계약서를 쓴다. 간혹 서울 지역은 3개월마다 계약서를 쓰는 곳도 있다. 그러다 보니 방과후강사 일을 하면서 가장 힘든 일은 면접을 보는 것이다. 특히 경기도 학교는 매년 면접을 보기 때문에 1년 이후에도 그 학교에서 수업한다는 보장이 없다. 서울이나 그 밖의 지역도 계약 기간이 1년이긴 하지만, 만족도 점수가 나쁘지 않으면 대개는 2년은 일할 수 있도록 보장을 해 준다. 그 말은 즉, 서울은 2년마다 면접을 본다는 것이다. 이런 이유로 경기도 지역 강사가 서울에 있는 학교에서 수업을 하는 경우가 종종 있다.

2009년, 나는 계획한 만큼 방과후강사 일을 구하지 못하고 주 3일만 일하고 있었다. 그러다 서울교육청 구인란에서 논술 강사를 구한다는 공지를 우연히 보게 되었다. 안 그래도 서울은 2년마다 면접을 본다고 알고 있었기에, 나 역시 서울에서 수업을 하고 싶었다. 다만 서류를 넣는다고 통과가 되는 건 아니었다. 학기 중이라 경쟁이 치열하지 않았는지, 다행히 서류에서 3배수 안에 들어서 면접을 보게 되었다.

여름 장맛비가 억수 같이 쏟아지던 날, 낯선 가양대교를 건너서 서울의 한 학교로 면접을 보러 갔다. 50여 분을 차로 달려서 학교에 갔더니, 나 말고도 두 명의 강사들이 대기하고 있었다. 면접을 보고 이틀 후, 부장 선생님에게 합격했다는 말을 듣고 곧장 수업을 나가게 되었다. 부장 선생님은 오리엔테이션 때 나에게 이런 말을 했었다.

"선생님은 이번 면접자분들 중 나이가 제일 많았지만, 아이들을 그 누구보다 사랑할 거라는 느낌을 받아서 채용했어요."

서울에 있는 학교에서 근무하게 된 것이 기쁘기도 했지만, 그 말을 들으니 부담이 되기도 했다. 당시 나는 45살이었는데, 부장 선생님께서 내 나이가 많다고 해서 조금 놀라기도 했다. 더 놀라운 건 주 1회 수업이 아니라 주 2회 수업이라는 사실이었다. 수도권 지역의 학교는 영어나 수학 등의 과목을 제외하고 대부분 주 1회 수업을 하는 편이었고, 보통 90~100분 수업을 진행했다. 내가 모집 공고를 꼼꼼하게 안 보았던 탓에, 그 학교가 주 2회 50분 수업이라는 것을 합격하고 나서야 알게 된 것이다. 그렇게 나는 어쩔 수 없이 주 2회 수업을 시작하게 되었는데, 지나고 나니 이것은 전화위복이 되었다.

이왕 계약서를 썼으니 최선을 다하자는 마음으로 월요일은 역사를, 금요일은 독서를 가르치게 되었다. 부모 입장에서는 한 과목 교육비를 내고 두 과목을 배우게 되니 만족도가 높았고, 나 또한 신청자 수가 점점 늘어나서 수업할 때마다 신이 났다. 내가 당시 수업을 했던 내발산초등학교는 전교생 수가 1,700여 명이나 되는 큰 학교인 데다 목동과 가까운 지역이라 교육에 대한 학부모들의 관심이 남다른 지역이었다. 그곳에서 나는 무려 7년간 일했다.

15년 동안 방과후강사를 하면서 20여 개의 학교에 출강했는데 내발산초등학교가 유독 정이 가는 이유가 몇 가지 있다. 우선 수강생이 가장 많았기에 경제적으로 도움이 많이 되었다. 늘 50~60명의 아이가 내 수업을 신청했다. 무엇보다 단순한 숫자를 넘어, 내 수업을 기다리고 좋아하는 아이들이 정말 많았다. 게다가 일주일에 두 번 만나다 보니 더 정이 가기도 했다. 독서논술은 아이들이 싫어하는 과목에 가까웠다. 엄마들은 책 읽기, 글쓰기, 토론 수업이 꼭 필요한 필수 과목으로 생각하지만 아이들 입장에서는 책 읽고 글 쓰는 게 재미있을 리 없다. 그럼에도 아이들은 내 수업을 무척 좋아해 줬고, 전학을 가는 아이들은 꼭 어머니와 함께 나를 찾아와서 인사를 할 만큼 애정이 남달랐다. 성형외과 의사가 되어 나에겐 진료비를 안 받고 치료해 주겠다고 했던 아이에 대한 기억, 전학을 가기 전 내게 보랏빛의 화사한 꽃다발을 안겨줬던 기억이 지금까지 뚜렷하게 남아 있다. 그 제자를 얼마 전에 만났는데 정말로 의대생이 되어 있어서 놀랍고도 반가웠다 .

한 번은 고학년 반 20명 중 5학년 6반 아이들 9명이 한꺼번에 내 수업을 신청한 적이 있었다. 아이들은 나와 담임 선생님 수업을 비교하더니, 담임선생님이 가르치는 역사는 재미가 없다며 투덜거렸다. 방과후수업에서 역사를 배운 후, 대학에서 역사를 전공하겠다는 아이들도 하나둘 생겼고, 그 아이들의 동생도 내 수업을 신청하는 일이 허다했다. 아이들은 학교 복도나 운동장에서 나를 만나면, 멀리서도 뛰어와 아침 햇살 같은 미소로 반갑게 인사를 하곤 했다.

그렇게 내발산초등학교에서 7년째 수업을 이어오던 어

느 겨울날, 서류 접수하고 4일 뒤에 면접자를 발표한다고 했는데, 아무런 연락이 오지 않았다. 나는 불길한 마음을 달래지 못하고 안절부절 했다. 공고 날짜보다 하루가 지난 후, 면접을 보라는 연락을 받았다. 서류에서 면접 볼 사람 3배수를 거르는 데만 5일이 걸린 셈이다. 그만큼 서류 접수자가 많았다고 한다. 경쟁률이 10대 1이 넘는 상황이었다. 지금까지 나는 100여 차례 방과후강사 면접을 보았는데, 그날 면접은 내가 가장 긴장했으면서도 그 어느 때보다 최선을 다한 순간으로 머릿속에 남아 있다. 면접을 보는 데만 50여 분이 걸렸다. 지원자들의 실력이 엇비슷하다 보니 면접관들의 질문이 많았기 때문이다.

　나는 면접에 최선을 다했지만 결국 임용되지 않았다. 마지막 수업을 마친 날, 아이들이 없는 운동장에는 칼바람이 몰아치고 있었다. 날씨까지 쌀쌀해 기분이 한층 더 슬프고 우울했다. 그렇게 2월의 어느 날, 7년을 근무했건만 그 누구의 인사도 받지 못한 채 조용히 짐을 챙기고 떠날 준비를 했다. 그 학교에서 가장 친하게 지냈던 오카리나 선생님은 본인이 더 오래 근무했는데 왜 내가 그만두게 되었냐며, 나보다 더 속상해했다.

　마지막 날, 나는 내발산초등학교 강사 단톡방에 이런 글을 남겼다.

안녕하세요? 내발산초등학교 강사님들~~

아시는 분도 있겠지만 이번 면접에서 저를 포함
해서 강사님 다섯 분이 탈락했어요. 7년간 몸담
았던 학교라서 아쉬움이 많습니다.

우리 직업이 7년을 한 학교에서 일을 해도 번번
이 동료들과 인사도 못 하고 떠나는 직업입니다.
공교롭게도 이번 주가 마지막 수업인데 어제 합격
자 발표가 났습니다. 그래서 선생님들과 인사할
여유도 없어서 단톡에서 문자로 대신 전합니다.

그동안 정말 감사했어요. 특히 늘 웃는 얼굴로
우리 일을 도와주시던 코디 샘의 따뜻한 맘 잊지
않을게요. 그리고 강사들 입장에서 배려해주신
부장 선생님도 고맙습니다. 부장 선생님 덕분에
이 학교를 더 잊지 못할 거 같아요. 오늘 인사하
러 갔는데 부장 선생님을 뵙지 못했어요.

인사도 못 하고 그냥 떠나면 우리 직업이 뜨내기같이 존재감 없는 비정규직으로 느껴질 것 같아 이렇게 글로써 마음을 전합니다. 다들 각자의 자리에서 긍지와 보람을 잃지 말고 일하기를 소망합니다. 방과후강사들이 더 나은 일터에서 일할 수 있도록 저도 노력하겠습니다.

다들 건강하고 행복하세요^^

방과후학교에서 꿈을 꾸다

　　세하는 1995년생 청년으로 고향은 부산이며 현재 서울에 살고 있다. 그리고 올해 결혼을 앞두고 있는 예비신부이기도 하다. 세하는 부산 석포초등학교 2학년 때부터 방과후학교에서 가야금병창을 배웠다. 처음에는 호기심과 재미로 방과후수업을 듣기 시작했는데, 가야금의 청아한 음색과 국악의 아름다움에 빠져 초등학교를 졸업할 때까지 방과후수업에 계속 참여하였다. 세하가 5년이나 방과후수업을 할 수 있었던 이유는 비록 일주일에 한두 번 하는 수업이었지만, 가야금 병창부를 지도하던 선생님의 열성적인 지도와 이를 적극적으로 지원하는 학교의 배려 덕분이었다. 이런 열정들이 어우러져 가야금을 배우던 아이들은 전국의 국악대회 혹은 행사가 열릴 때마다 각자 부모님들과 함께 참여했다. 그러다 보니 방과후학교에서 가야금을 배웠던 아이들은 다양한 경험과 추억을 간직할 수 있었다. 세하 역시 크고 작은 대회에서 상을 받을 때마다 커다란 성취감과 기쁨을 느꼈다.

그 감정들은 하나의 훈장이 되어 조금씩 성장하는 동안 가슴 속 깊이 새겨진 것이다.

세하는 국악을 처음 시작할 땐 가족과 지인들의 칭찬이 듣기 좋아서 열심히 했다고 한다. 대회 때 입고 나가는 형형색색의 한복도 얼마나 예뻤는지. 부러워하는 친구들의 모습에 세하 역시 신이 나기도 했다. 해를 거듭할수록 악기를 다루는 실력이 늘어났고, 덩달아 국악이 점점 더 재미있어지기 시작했다. 초등학교 졸업을 앞둔 시점, 세하는 보다 전문적으로 가야금 공부를 하고 싶다는 생각을 했다.

여기저기 알아본 결과 세하는 방과후 가야금 수업의 병창부 선배가 진학했다는 서울 국립국악 중·고등학교를 알게 되었다. 세하는 방과후선생님과 부모님의 적극적인 후원에 힘입어 전쟁 같은 입시를 치르게 되었다. 전국에서 모인 국악 천재들이 저마다의 실력을 뽐내는 실기 시험에서 세하는 당당하게 합격했다. 13살의 어린 소녀는 그렇게 홀로 고향과 가족을 떠나 낯선 대도시 서울에서 새로운 생활을 시작했다.

국악 전문학교는 세하에게 많은 변화를 가져다주었다. 평소 단소를 좋아하던 세하는 오랜 고민 끝에 전공 악기를 피리로 바꾸었다. 국악에 대해 전문적인 공부를 하면서, 가야금을 배울 때보다 더 깊이 있는 음색을 표현할 수 있는 피리를 연주하고 싶은 열망이 생겼기 때문이었다.

세하는 어린 나이부터 학교기숙사 생활을 하며 중·고등학교 6년을 무사히 마쳤고, 이후 한국예술종합대학교에 진학했다. 예술을 꿈꾸는 사람들이라면 누구나 입학하고 싶어 하는 한예종에 입학하면서, 한 단계 더 새로운 세계로 나아가게 된 것이다. 한예종에는 정말 뛰어난 선생님들이 많았고, 세하는 그 스승의 배움을 통해 더 깊이 있는 세상을 만났다.

세하는 고등학교 3학년 때 동아 콩쿠르에서 받았던 금상을 대학교 때도 받았다. 더 나아가 대학원에 가서는 국립국악원에서 주최한 대회에서 명실상부 최고의 상인 금상을 받기도 했다. 그동안 남모르게 흘렸던 눈물과 땀방울, 그리고 가슴에서 끌어올린 긴 호흡이 예술혼으로 퍼져 나오는 것을 많은 청중이 알아준다는 게 세하에겐 큰 행복으로 다가왔다. 20년 가까운 세월의 노력과 국악 사랑에 보답을 받은 것 같아 감격은 이루 표현할 수가 없었다.

세하는 대학원 과정까지 끝내고 예인의 길을 가고 있다. 세하는 중학교 때부터 대학까지 함께 공부해 온 친구와 '삐리뿌'라는 피리 연주 그룹을 만들었다. 삐리뿌를 통해 마음과 뜻을 함께한 친구들과 여러 활동을 하는 세하는 요즘 연주가의 기쁨을 더욱 실감하고 있다. 세하는 지금도 그룹 활동뿐 아니라 다수로 구성된 연주 악단의 객원 연주자의 삶을 충실히 걸어가고 있다.

세하는 삶의 전부가 되어버린 피리를 연주하며, 우리의 국악을 알리는 지금의 생활이 너무나 행복하다고 말한다. 돌이켜보면 개개인 아이들이 잘하는 것을 찾아 새로운 길을 가게 해 준 방과후학교의 가야금 병창부는 세하의 인생에서 최고의 학교였던 것이다. 또한 가야금을 처음 가르쳐준 이현주 방과후선생님은 초등학교 내내 가장 따뜻하고 은혜로운 스승이었다고 세하는 고백한다. 세하를 지금까지 조건 없이 응원해 준 사람은 가족들이었다. 특히나 세하의 아버지는 든든한 조력자이자 지지자로서 늘 인생의 큰 버팀목이 되어 주었다. 신기한 건 세하의 아버지 역시 지금은 한자를 가르치는 방과후학교 선생님이 되었다는 사실이다.

만일 세하가 방과후학교를 접하지 않았다면 국악이라는 새로운 세계를 알지 못했을 것이다. 세하는 한 달에 2~3만 원의 교육비를 내고 이토록 멋진 꿈을 꾸게 되었다. 방과후학교는 세하의 이야기처럼 학교나 학원에서는 쉽게 배울 수 없는 다양한 수업을 제공해준다. 이를 통해 많은 아이가 세하처럼 새로운 꿈을 꾸고, 더 나아가 그 꿈을 이뤄나가고 있다. 각자의 능력과 꿈을 끄집어내어 미래의 자신에게 날개를 달아주는 방과후학교는 이제 세하뿐 아니라 이 땅의 많은 아이에게 꼭 필요한 놀이터가 아닐까 생각한다.

식사동 아이들

방과후학교의 수업료는 학부모가 부담하기도 하지만 교육청이 국가예산으로 부담해서 무상으로 수업을 듣는 아이도 종종 있다. 수익자 부담은 도심권 대부분의 학교에서 운영하는 방식이고, 무상 운영은 농어촌 등 교육 환경이 열악하거나 학생 수가 적은 곳에서 실시한다. 내가 사는 지역은 도심권이니 무상 교육으로 수업하는 경우는 거의 없는 편이다.

방과후강사 일을 시작한 지 2~3년 정도 되던 해였다. 위탁 회사에서 수업을 해 달라는 제의가 들어왔다. 방과후학교는 운영 부담 때문에 학교가 직접 운영하지 않고 민간 업체에게 위탁하는 경우가 종종 있다. 그럴 경우 위탁 회사는 강사들에게 수수료라는 명목으로, 대개 강사료의 30~50%를 떼어 간다. 그런데 그 위탁 회사는 강사 수수료를 15%만 떼겠다고 했기에, 그리 나쁘지 않은 조건이었다. 당시 나는 방과후강사를 시작한 지 얼마 되지 않아 학교를 구하기가 무척 어려운 상황이었다. 경력을 쌓기 위해 최대한 많은 수업을 해보는 게 필요한 시점이었다.

내가 수업하기로 한 학교는 식사동의 어느 초등학교였다. 일산에 살았지만 처음 가보는 곳이었다. 고양시는 면적이 넓다 보니 외곽에는 농촌처럼 느껴지는 한적한 곳도 있었지만, 식사동은 아파트 밀집 지역에서 불과 5분도 떨어지지 않은, 도시 중심부와 밀착된 지역이었다.

이 학교는 전교생이 백 명이었고 아이들 대부분 조손 가정이거나 한 부모 가족이었다. 동네에서 버섯이나 원예 농사를 지으며 살아가는 집이 많았다. 그래서인지 다른 학교와 달리 정규 수업이 끝나면 전교생이 방과후수업에 참여했다. 한 과목을 하는 경우는 거의 없었고, 대부분 매일 두 과목 이상을 신청했다. 그 초등학교의 방과후수업은 전액 무상으로 실시되었고, 업체가 위탁을 받아 운영하고 있었다.

식사동 아이들은 다른 학교 아이들에 비해 순박하다는 인상을 주었다. 방과후수업이 끝나면 5시 정도가 되었는데, 집으로 가는 아이들은 보기 힘들었고 대부분 몇몇씩 무리 지어 운동장에서 놀거나 여기저기 돌아다니곤 했다. 전교생이 백 명이다 보니 학년에 상관없이 서로 잘 알며 형제, 자매처럼 친하게 지냈다.

　　방과후수업을 시작한 지 2주가 지났을 무렵, 한 아이가 유독 눈에 들어왔다. 하얀 실내화가 닳고 더러워져 신발을 신지 않은 것 같은 느낌을 주는 아이였다. 나는 수업이 끝나면 그 아이에게 간식을 주며 이것저것 물었다. 큰딸과 학년이 같은 3학년이었고, 이름은 명호였다. 부모님은 이혼하고 아빠, 중학생 누나와 함께 살고 있다고 했다. 말수는 적은데 성격도 침착하고 순해 보이는 아이였다. 명호는 수업이 끝날 때면 칠판도 닦아주는 등 내 일을 많이 도와주곤 했다. 나는 다른 아이들 눈에 띄지 않게 명호를 챙겨주며 관심을 놓지 않았다.

　　해가 일찍 저무는 초겨울 어느 날. 낮은 하늘에는 붉은 노을이 유독 고운 수채화처럼 번져 있었다. 바람도 차갑게 휘몰아치고 있었기에, 나는 얇은 옷깃을 여미며 퇴근길을 재촉했다. 그러다 집에 가지 않고 운동장 구석에서 홀로 놀고 있는 명호를 발견했다. 왜 집에 가지 않느냐고 물었더니, 아빠도 늦게 들어오고 누나도 친구들과 놀다가 늦게 들어와 집에 혼자 있기 싫다고 했다. 그 말을 하는 명호의 표정이 더 어두워 보였고, 목소리에는 유독 힘이 없었다. 나는 망설임 없이 명호를 우리 집에 데리고 갔다. 딸들도 붙임성이 없는 성격이라 명호와 쉽게 친해지지는 않았지만, 다행히 떡볶이도 같이 먹고 텔레비전도 보면서 함께 즐거운 시간을 보냈다. 간혹 명호의 공부를 봐주곤 했는데, 머리가 좋아 뭔가를 가르쳐주면 곧잘 이해했다. 그렇게 명호는 여러 번 우리 집에서 시간을 보냈다.

그 학교에는 명호처럼 한 부모 가정이 많았다. 이유는 알 수 없지만 심한 스트레스 때문에 스스로 머리카락을 뽑아서 원형 탈모증처럼 보이는 아이도 있었다. 고학년 아이 중에는 가출을 하는 등 정서적으로 안정되지 않은 아이들이 종종 있었다. 놀라운 건 방과후학교를 무상으로 실시한 후 아이들에게 하나둘 변화가 생겼다는 것이다.

교육청 예산으로 전교생이 교육비는 물론 교재나 교구비도 내지 않고 다양한 방과후수업을 받을 수 있도록 한 것은 무척 의미 있는 일이었다. 방과후학교는 영어나 수학처럼 중요 과목도 가르치지만, 아코디언, 댄스, 탁구, 바이올린, 미술과 같은 예체능이나 취미 생활과 관련한 과목도 많았다. 이런 방과후학교의 다양한 활동은 아이들의 정서 안정과 신체 발달에 많은 영향을 끼쳤다. 무상 수업이라고 아이들이 억지로 참여하거나 강사들이 성의 없이 수업을 하지는 않았다. 아이들은 방과후수업 때마다 생기가 넘쳤고, 강사들도 자신의 아이처럼 정성을 다해 지도하였다. 만일 이 학교에 방과후수업이 없었거나 혹은 방과후수업이 무상이 아니었다면 사교육을 받을 형편이 안 되는 아이들이 얼마나 방치되었을지 불을 보듯 훤했다.

나는 식사동의 그 초등학교에서 약 1년 반을 일했다. 그로부터 십 년이 넘게 지나다 보니, 당시 왜 그만뒀는지 정확하게 기억나지 않는다. 학교를 그만두고 얼마 뒤 식사동 전체가 아파트 개발 지역으로 결정되었다. 곧바로 내가 일했던 초등학교와 그 주변 지역은 포크레인 등 건설 장비에 의해 흔적도 없이 사라졌다. 그리고 몇 년 뒤에는 일산에서 분양 가격이 가장 비싼 대단지 아파트가 들어섰다. 그 초등학교는 아파트 중심부에 세련되고 우람하게 다시 지어졌다.

식사동 아이들은 지금쯤 20대의 청년이 되었을 것이다. 당시 명호가 휴대폰이 없었기에, 연락할 방법이 없었다. 명호는 이제 20대 초반의 건장한 청년이 되어 어디선가 열심히 자기 삶을 살아가고 있지 않을까. 지금도 식사동의 거대한 아파트 숲을 지날 때면 명호와 몇몇 아이의 환한 얼굴이 선명하게 떠오른다.

방과후강사가 된 교장 선생님

전국방과후강사권익실현센터를 만들고 활동을 시작한 지 얼마 안 된 어느 날이었다. 한 통의 전화를 받았는데, 본인은 몇 달 전 정년퇴직을 한 교장 선생님이라 소개하며 나와 식사를 같이하고 싶다고 했다. 나는 흔쾌히 좋다고 답변했다.

그는 그해 2월 정년퇴직을 하고, 지금은 드론을 가르치는 방과후강사라고 본인을 소개했다. 그래서 학교와 방과후강사, 양쪽 입장을 누구보다 잘 이해할 수 있다고 했다. 예전부터 과학 교육에 관심이 많았기에, 퇴직 후에도 아이들에게 계속 과학을 가르치고 싶어 방과후강사 일을 시작했다는 것이다. 그는 드론을 배우기 위해 많은 시간과 노력을 투자했다. 드론을 가르치기 위해선 여러 가지 장비를 사야 했기에 들어가는 비용도 만만치 않았다. 그의 진심을 모르는 사람들은 경제적 이유 때문에 방과후강사 일을 한다고 말했을 것이다. 다만 그는 누가 뭐라 하든 아이들을 가르치는 일이 너무 즐겁고, 특히 과학과 관련한 지식을 아이들에게 전달하는 일이 무척 신난다고 했다. 그분은 연금이 넉넉해도 돈을 더 벌기 위해 한자나 종이접기 등 과목의 방과후강사로 들어와 기존에 있던 방과후강사를 밀어내는 몇몇 교장과는 사뭇 달랐다. 당시 그에게 들었던 말은 무척 인상적으로 다가와, 지금까지도 머릿속에 생생히 남아 있다.

그는 방과후학교 교육이 아이들에게 큰 도움이 되며 더 나아가 미래에 직업을 선택할 수 있도록 효과적으로 도움을 준다고 했다. 또한 정규 수업에서 배울 수 없는 다양한 수업을 통해 아이들이 자신의 재능과 관심 분야를 찾을 수 있고 창의력을 발휘할 수도 있어, 방과후수업 만큼 좋은 게 없다고 이야기했다. 그는 아이들의 꿈을 더 활짝 펼칠 수 있도록 힘닿는 데까지 돕고 싶어, 퇴직과 동시에 방과후강사가 되었다고 했다.

그 이야기를 들으니 자연스레 내가 가르쳤던 학생 중 한 명이었던 '은비'가 생각났다. 은비는 나에게 배운 역사가 너무 재미있고, 흥미롭다고 했다. 그래서 대학에서 역사를 전공해 훗날 고고학자가 되고 싶다고 말했다. 어느 날 은비는 나에게 질문했다. 고려 시대에는 우리나라에도 2층, 3층의 건축물이 많았다는 기록이 남아 있는데, 조선 시대에는 2층 이상의 건축물을 왜 볼 수 없냐고 물었다. 난방의 한 형태인 온돌은 고구려에서 시작되었다. 허나 고려 시대에는 온돌 문화가 대중적으로 자리 잡지 못했고, 이후 조선 시대에 비로소 온돌이 전국으로 자리 잡았다. 자연스레 온돌의 구들 무게 때문에 2층 건물을 올릴 수 없었던 것이다. 나는 이 사실을 은비에게 자세히 설명해 주었다. 은비는 이 질문 외에도 제법 깊이 있는 질문을 하며 나를 감동에 빠지게 했다. 은비가 지금쯤 본인의 바람대로 역사를 공부하는 멋진 대학생이 되었을 것이라 생각하니, 절로 흐뭇한 미소가 배어 나온다.

교장 선생님과 나는 식사 이후 차도 마시며 꽤 긴 시간 이야기를 나눴다. 그는 늘 학교의 눈치를 보고, 부당한 대우에도 늘 소극적일 수밖에 없는 방과후강사의 입장에 대해 잘 알고 있었다. 또한 그는 학교에서 방과후학교 운영을 꺼리는 상황과, 수도권 지역의 학교가 급속도로 방과후학교를 민간 위탁으로 전환하는 상황도 자세히 알고 있었다. 나는 그것을 막을 방법이 없겠냐고 질문했다. 그랬더니 그는 아주 현실적이면서도 명쾌한 답변을 했다. 학교는 정규 수업이 끝나고, 이후에 또 하나의 학교와 다름없는 방과후학교가 운영되는 것에 많은 부담을 가지고 있다고 했다. 그러므로 방과후학교를 운영하는 것에 대한 금전적인 대가를 교육청에서 부담해줘야 하며, 그러면 학교도 책임감을 가지고 민간 위탁으로 전환하지 않을 거라 했다. 가령 대부분의 초등학교는 병설 유치원을 운영하고 있다. 병설 유치원의 원장은 그 학교의 교장 선생님이고, 이에 따른 수당이 따로 지급된다. 그러므로 방과후학교도 병설 유치원과 같이 교장에게 책임감과 함께 수당을 주면 된다는 것이다. 그의 이러한 발상과 제안은 굉장히 논리적이고 현실적이면서도, 이것은 교육부나 교육청이 나서서 개선할 일이지 내가 제기하기엔 어려운 문제라 생각되어 안타까웠다.

그는 방과후강사들을 위한 노조를 만드는 과정이 평탄치 않을 거라 생각해 나에게 격려와 응원을 하기 위해 만나고 싶었다고 말했다. 방과후학교에 대한 애정이 남다른 분이다 보니, 전국방과후강사권익실현센터가 더욱 힘 있게 발전하여 우리나라의 방과후교육이 제대로 평가받으며 뿌리 내리기를 원하는 마음이 간절하다 했다. 그 마음을 전달하기 위해 맛있는 식사와 차를 사주며 어떤 어려운 일도 잘 이겨나가라는 덕담도 내게 해 주었다. 방과후학교를 귀하게 여기는 사람이 방과후강사와 아이들, 학부모뿐 아니라 이런 교장 선생님도 있다는 것을 깨달았던, 아주 특별한 하루였다.

아이들에게 배운다

나는 방과후수업에서 논술을 가르친다. 학년에 맞게 아이들과 책을 읽고 토론을 하고 글을 쓰는 게 내 수업 방식이다. 저학년은 주로 동화를 읽지만 고학년은 신문 기사나 역사, 단편 소설을 읽기도 한다.

방과후 논술 수업을 하면서 가장 어려운 건 토론을 이끌어 가는 것이다. 우리나라 교육은 아직도 주입식에 익숙하다 보니 어떤 논제를 가지고 아이들이 다양하게 의견을 말할 수 있도록 유도하기가 무척 어렵다. 수업 시간에 자신의 의견을 말해 보라고 해도, 몇몇 아이만 손을 드는 경우가 대부분이다.

학부모가 자녀를 논술 수업에 보내는 여러 이유 중 하나가 토론을 많이 했으면 좋겠다는 바람 때문이다. 자신의 의견을 논리적으로 말하는 토론이 중요하다고 인식하는 학부모와 학교가 많다 보니 '디베이트'라는 방과후학교 과목이 따로 생겨났다.

얼마 전 신라의 멸망을 주제로 수업을 진행했다. 신라는 오랜 역사를 가지고 있지만, 천 년을 다 채우지 못하고 고려에게 패한 국가이다. 신라의 마지막 왕이었던 경순왕은 신라 건국 995년 만에(기원후 935년) 30리를 잇는 길고도 긴 군솔을 이끌고 왕건에게 직접 찾아가 머리를 숙였다. 그 후 경순왕은 온건 정책을 펼치던 왕건의 첫째 딸인 낙랑공주와 결혼했다. 이후 그는 왕건의 9번째 딸과도 결혼을 한 후, 오랜 시간 파주 땅을 다스리며 80세 이후에 죽었다. 경순왕은 피 한 방울 흘리지 않고 천 년 사직을 왕건에게 바친 대가로 1천 석의 녹봉과 경주를 식읍으로 하사받았다. 신라 55명의 왕은 경주에 묻힌 것과 달리, 경순왕의 무덤이 유일하게 경기도 파주 땅에 있는 이유이기도 하다.

나는 수업 시간에 이 내용을 자세히 설명하면서 아이들과 토론을 진행했다. 막내아들인 마의태자의 막강한 반대에도 경순왕은 왕위 9년 만에 고려와 한 번 싸워보지도 않고 신라의 천 년 역사를 포기했다. 경순왕은 고려와 싸워봤자 질 게 뻔했기에 군사들이 피 흘리는 걸 막기 위해 항복을 결정했을 것이다. 어차피 국운이 다했기 때문이기도 하다.

너희도 마의태자처럼 질 게 뻔한 상황에도 천 년의 역사를 계승하기 위해 고려와 전쟁을 하겠냐고 아이들에게 질문을 던졌다. 고려와 맞서 싸우겠다는 아이들의 숫자가 조금 더 많았다. 나머지 몇몇 아이는 이기지도 못할 전쟁 때문에 사람들을 죽게 할 수는 없으니, 경순왕처럼 왕건에게 항복을 하겠다고 솔직하게 말했다.

그런데 한 아이가 어느 쪽에도 손을 들지 않았다. 당시 4학년이었던 남자아이로 기억한다. 너는 왜 손을 들지 않았냐고 물었더니, 본인이 경순왕이라면 일단 고려에 항복했다가 나중에 힘을 키워 왕건의 뒤통수를 치겠다고 했다. 그 아이는 그 방식으로 신라를 꼭 되찾겠다고 얘기했다. 아, 그런 방법도 있었구나! 나는 그 아이를 크게 칭찬했다. 물론 시대적 정황을 볼 때, 경순왕이 반란을 일으켜 신라를 되찾을 가망성은 희박했다. 신라의 경애왕을 스스로 죽게 해 경순왕을 왕위에 앉힌 후백제의 견훤도 망했고, 이미 신라의 많은 신하가 고려에 투항한 상황이니 경순왕이 왕건을 이길 가능성은 없었다. 그러나 주어진 방법 중 하나를 선택하지 않고 완전히 새로운 방법을 생각해낸 사실만으로 그 아이는 얼마나 기특한가!

가끔 아이가 어른보다 더 현명하고 지혜로울 때가 있다. 수업을 하다 보면 이처럼 아이들에게 지혜를 배우게 된다. 아이의 창의적인 사고방식도 놀랍지만, 이것 아니면 저

것만을 선택하는 방식에 익숙해져 있는 나 자신을 발견하니 그날 아이의 대답이 더욱 놀라운 것이다. 토론 수업은 아이들에게만 유용한 것이 아니라 경직된 어른들을 위해서도 매우 유용하다는 생각이 들었던 날이다.

.

가장 행복했던 수업 시간

　예원 선생님은 음악치료사이다. 개인 수업도 하지만 주로 특수학교 방과후수업에서 음악 활동을 담당하고 있다. 특수학교 수업인 만큼 강사는 아이들을 치료사의 시각으로 바라보며 수업을 진행해야 한다. 그러므로 단순한 음악 활동이라기보다 집단 음악치료라고 해야 적절할 것이다.

　특수학교는 학기 중에 수업을 할 때도 있고 방학 특강을 할 때도 있는데, 예원 선생님은 최근 겨울방학 특강에서 만났던 중학생 여자아이가 유난히 기억에 남는다고 했다. 특수학교는 한 반 정원이 6명 이하로 구성되는데, 첫날 예원 선생님은 아이를 보고 두 번 놀랐다. 아이의 이름은 혜진이였다. 혜진이는 장애가 너무 심해서 눈을 움직이거나 말을 하고, 음식을 삼키거나 손가락을 약간 움직이는 것 말고는 스스로 할 수 있는 것이 전혀 없었다. 혜진이는 몸 전체 골격이 등나무 줄기처럼 심하게 틀어지고 휘어진 모습으로 휠체어에 누워 있었다. 그러다 보니 중학생인데도 체구는 대여섯 살 정도로 보였다. 그럼에도 생각하는 건 또래 중학생과 별반 다름이 없어서 예원 선생님은 더 놀랐다. 시간이 지난 이후 알았지만, 오히려 혜진이는 또래 아이들보다 생각이 더 깊고 성숙한 편이었다.

혜진이는 수업 시작 초반에는 시큰둥해서 대답도 잘 하지 않았고 그저 방관자처럼 눈동자만 멀뚱멀뚱 다른 아이들을 바라보고 있었다. 그럴 수밖에 없는 게, 혜진이는 몸을 제대로 사용하지 못 하는 상태라 음악 활동에 참여할 수 없다고 스스로 판단한 것이다. 그러다 수업이 두 번 정도 진행된 후 예원 선생님은 손가락을 조금만 움직여도 연주할 수 있는 윈드 차임과 멜럿을 혜진이에게 건넸다. 혜진이의 손가락은 작지 않았지만 소근육이 제대로 기능을 못해 악력이 몹시 약한 편이었다. 물건을 잡으려 해도 느슨하게 쥐어졌고, 손가락의 굴곡신전도 자유롭지 못해서 무언가를 쥐기란 어려운 일이었다. 그 탓에 멜럿을 쥐는 일은 혜진이에게 힘겨운 일이었다. 그럼에도 혜진이는 젓가락처럼 생긴 멜럿을 손가락 사이로 쥐고, 있는 힘껏 북을 두드렸다. 예원 선생님은 윈드 차임도 혜진이가 연주하기 좋은 각도로 갖다 놓았다.

혜진이가 수업에 관심을 보이자, 선생님 역시 혜진이가 연주를 잘 할 수 있도록 온갖 신경을 써줬다. 혜진이 역시 전혀 망설이지 않고 새로운 악기에 대한 호기심과 열정을 쏟아 냈다. 음악 활동의 치료 기능은, 개개인이 각자 파트를 나누어 연주를 하며 다 함께 성공을 경험하는 것이다. 예원 선생님은 혜진이가 멜럿과 윈드차임을 연주할 수 있도록 노력했고, 다행히도 혜진이는 점점 적극적인 모습을 보였다. 마침내 혜진이는 예원 선생님께 자신의 속내를 얘기하기에 이르렀다.

음악치료 기법 중에는 '노래 심리치료'가 있다. 이 기법은 혜진이가 자신의 역량을 마음껏 발휘할 수 있었기에, 예원 선생님은 특강 기간에 일부러 노래 심리치료를 많이 활용했다. 특히 혜진이는 노래 가사 바꾸는 걸 가장 재미있어했다. 다른 아이들에 비해 생각이 깊어서 노래 가사 바꾸기는 혜진이에게 그리 어렵지 않은 일이었다. 그렇게 혜진이는 자신이 바꾼 가사를 넣어 노래 부르기를 하고, 그룹 친구들과 자신이 바꾼 가사로 주고받으면서 수업에 적극적으로 참여했다. 몸을 가누기 어려운 혜진이가 또래들과 적극적으로 소통하고 어울리는 건 특별한 경험이었고, 혜진이 입장에서도 특수학교에 다니며 처음으로 유대감을 느낄 수 있는 기회였다.

혜진이는 장애가 심해 일반 학교에 다닐 수가 없어서 특수학교로 전학을 왔다고 했다. 하지만 신체가 불편할 뿐 그 외에는 건강한 혜진이가 특수학교에 와서 또래들과 소통하는 게 익숙하지 않았던 것이다. 혜진이는 예원 선생님에게 언제부터인가 이런저런 이야기들을 털어놓기 시작했다.

"선생님, 특수학교 수업 내용은 제 수준에 맞지 않아 재미가 없어요. 말 통하는 친구도 없어서 학교에 결석도 많이 했어요."

"선생님, 저 요즘 사춘기인가 봐요. 괜히 화나고 짜증나고 사람들이 저를 쳐다보는 눈길을 보면 죽고 싶은 생각도 들었어요."

"하나님이 감당할 고난을 주신다는데, 저한테는 너무 가혹하신 것 같아요. 그런 생각 때문에 학교 가는 것도 무의미하게 느껴져서 학교가 싫었어요. 근데 선생님과 음악 공부하면서 학교 가는 게 좋아졌어요."

혜진이는 그동안 친구가 없어서 말할 기회가 없었고, 그래서 많이 외로웠다고 한다. 그랬던 혜진이가 학교 실무원 선생님도 몰랐던 얘기를 예원 선생님에게 담담하게 쏟아내고 있었다. 사람들이 자신을 어떻게 바라보는지, 그때마다 마음이 어떤지, 얼마나 아프고 힘들었는지, 더 나아가 죽고 싶었던 순간도 있었다는 내밀한 이야기까지 하는 모습은 예원 선생님뿐만 아니라 주위 사람도 놀라게 만들었다. 담임선생님 역시 그런 혜진이의 모습을 처음 본다고 했다.

그해 겨울은 유난히 추웠는데, 혜진이는 휠체어에 담요를 덮고 하루도 결석하지 않고 수업에 참여했다. 특수학교 수업은 에너지 소모가 많은 편이며, 발전보다는 유지 혹은 퇴보를 지연시키는 것이 목적이다. 그러므로 멀리 보고 천천히 가야 하는 것이 특수학교 교육의 특징이다. 그런데 치료사인 예원 선생님이 오히려 혜진이의 모습을 보며 치유를 받는 건 분명 특별한 경험이었다. 예원 선생님은 혜진이를 만난 이후 그동안 방과후강사 일을 하면서 겪었던 숱한 힘듦과 고민이 사라졌고, 더 나아가 치료사로서의 자긍심으로 회복되었다고 했다.

우리 엄마는요...

저학년 독서논술 수업에서 『까마귀 소년』이라는 일본 작가 야시마 타로의 동화를 읽고 토론을 했다. 주인공은 마을에서 멀리 떨어진 산꼭대기에 살면서 숯을 만들어 팔아 생계를 이어간다. 동화는 수줍음이 많고 지극히 내성적인 아이의 이야기를 다루고 있다. 주인공은 아무 존재감 없이 살아가다 담임선생님의 관심으로 존재감을 조금씩 드러낸다. 책의 앞부분에는 '따돌림'이라는, 그다지 어렵지 않은 단어가 나왔다. 그런데 2학년인 윤주는 그 단어의 뜻을 전혀 이해하지 못했다.

방과후수업을 신청할 때 학부모와 상담하는데, 보통 엄마가 연락하는 경우가 많다. 그와 달리 윤주는 방과후수업을 신청할 때 아빠가 상담을 했고, 보호자 연락처도 아빠만 적혀 있었다. 나는 윤주가 한 부모 가정이 아닐까 싶었지만 직접 물어보진 못하고, 혼자 어림짐작만 하고 있었다.

나는 윤주의 질문에 얼떨결에 "따돌림이라는 말이 어려

운 게 아닌데 윤주는 모르고 있었네"라고 말했다. 윤주는 "우리 엄마가 베트남 사람이라서 그래요"라고 아무렇지 않게 대답했다. 나는 윤주의 그런 모습이 왠지 안타깝게 다가왔다. 본인의 어휘력 부족이 외국인 엄마 때문이라는 사실을 초등학교 2학년이 인지하고 있다는 사실도 놀라웠고, 외국인 엄마의 영향력이 9살까지 미친다는 것도 놀라웠다. 윤주는 눈치도 있고 영리해 보였지만 그동안 쓴 글을 보면 확실히 문장 구성력이 많이 떨어졌다.

방과후수업을 오래 하다 보니 윤주처럼 다문화 아이들을 만나는 일이 많다. 그리고 특정 지역 주변의 학교에서 수업을 하면 다문화 아이들을 더 많이 만났다. 엄마가 몽골인이나 중국인일 경우에는 외모에서 별다른 표가 나지 않지만, 필리핀이나 베트남일 경우에는 피부색이 우리보다 어둡다 보니 다문화 아이라는 것을 쉽게 알 수 있었다. 방과후수업 신청서를 받으면 특별한 경우를 제외하고 보호자 연락처가 어머니로 되어 있는데, 가끔 윤주처럼 아버지로 되어 있으면 엄마가 외국인이 경우가 많았다.
방과후수업을 하면 학부모와 문자를 주고받을 일이 종종 있다. 학부모와 문자를 주고받을 때 맞춤법이 심할 정도로 틀리는 경우도 엄마가 외국인인 경우가 많다. 그나마 그렇게라도 외국인 엄마와 소통할 수 있으면 다행인데, 그마저도 안 되는 경우는 아이들이 겪는 불편함이 가정 내에서 더 많을 것이다.

다문화 가정 아이들이 방과후수업을 신청할 경우, 수익자 부담이 아닌 자유수강권으로 신청하는 경우가 대부분이다. 자유수강권은 한 부모 가정이나 기초 수급자, 국가 유공자, 다문화 아동들에게 지급되는 무료 수강권이다. 수익자 부담에 비해 결석하는 경우도 많다. 아무래도 무료 수업이다 보니, 성실하게 참가하지 않는 경향이 있기 때문이다.

다문화 가정 아이들이 내 수업을 신청하는 경우, 그나마 부모들이 어느 정도 언어 교육에 대한 인식이 있다고 볼 수 있다. 왜냐하면 윤주처럼 엄마와의 소통이 완전하지 않으니 어휘력이 부족할 확률이 높고, 그 부분을 보완하기 위해 독서논술은 필수라고 생각하기 때문이다.

다문화 가정 아이들에 대한 선입견일 수 있겠지만, 내가 만난 많은 다문화 가정 아이의 공통점은 자신감이 부족하다는 것이다. 성격도 또래 아이들에 비해 어두운 아이들이 많았다. 물론 지금은 다문화 가정이 워낙 많아서 농어촌이 아닌 도심권에서도 다문화 아이들을 많이 만난다. 내가 수업하는 반마다 한두 명씩 있는 걸 보면, 이제 다문화 가정은 더 이상 특별한 현상이 아니다. 『까마귀 소년』에 나오는 주인공처럼 수많은 다문화 가정 아이들이 자존감을 회복하면 좋겠다. 그들이 차별이나 소외감을 느끼지 않고 자신만의 행복을 찾아 이 나라의 주체로 살아갔으면 좋겠다.

그날의 포옹

유난히 더위가 기승을 부리던 여름이었다. 휴가철이라 방과후학교도 한 주간 방학을 했다. 여느 때 같으면 일 년 중 유일하게 쉴 수 있는 귀한 휴가 기간이었지만 그녀는 슬픔과 안타까움으로 밤새 한숨도 자지 못했다.

작열하는 햇빛이 학교 건물을 쨍하고 내리꽂히고 있었다. 운동장 한 모퉁이에 해바라기가 함박웃음으로 활짝 피어 있었지만, 그녀는 차마 그 화려한 꽃 웃음을 마주하지 못하고 고개를 돌렸다. 그녀는 주산 수업을 진행했던 2층의 맨 마지막에 위치한 교실 문을 드르륵 열었다. 적막함과 뜨거운 열기가 유난히도 낯설게 느껴졌다.

오전인데도 에어컨 없이는 잠시도 견디기 힘든 더위였다. 그럼에도 그녀는 에어컨을 켜지 않고 교실에 우두커니 혼자 앉아 있었다. 그녀는 쌍둥이들이 늘 앉아 있던 1분단 맨 앞자리를 한참 지켜보다 결국은 참았던 눈물을 흘렸다.

얼마나 지났을까? 스피커에서 방송이 흘러나왔다. 10분 뒤 운구차가 들어올 예정이니 관계자들은 운동장으로 나오라고 했다. 그녀는 눈물을 닦고 운동장으로 조용히 걸어 나갔다. 잠시 후 교장 선생님과 교감 선생님 그리고 몇몇 선생님과 행정실 직원까지 열 명 가까이 되는 교직원들이 운동장에 서 있었다. 교직원 중에는 쌍둥이의 담임선생님도 있었을 것이다.

잠시 후, 하얀 장례 버스가 교문을 향해 천천히 들어왔다. 버스가 정차하고 곧 영정을 든 사람이 맨 앞에 서고 유골함을 든 사람과 몇몇 어른들 그리고 쌍둥이 중 한 아이가 버스에서 내렸다. 영정 사진 속의 아이는 아침 햇살같이 해맑게 웃고 있었다. 유골함을 든 사람과 부모님, 그리고 쌍둥이 동생은 교실과 학교를 천천히 돌다가 마지막으로 운동장에 서 있던 교직원들 앞으로 걸어갔다. 쌍둥이 동생이 그녀를 발견하고는 '주산 선생님~~' 하면서 곧장 달려가 그녀에게 안겼다. 학교를 돌 때까지도 울음을 참던 아이였는데, 주산 선생님을 보더니 한꺼번에 슬픔이 터져 나온 것이다. 아이는 한참을 그녀 품에 안겨 울었다.

그녀는 쌍둥이 자매 중 언니가 물놀이 갔다가 익사했다는 소식을 다른 학부모를 통해서 우연히 전해 들었다. 그 누구도 그녀에게 출근하라는 말을 하지 않았지만, 그녀는 운구

차가 오늘 학교를 지나갈지도 모른다고 생각하고 무작정 온 것이었다. 그녀는 이렇게라도 아이를 마지막으로 보게 된 것이 다행이라 했다. 무엇보다 동생을 안아주고 위로할 수 있어서 위안이 되었다.

그렇게 쌍둥이 언니의 장례식을 치르고 며칠이 지났다. 그다음 주에 예정된 전국 주산대회에 쌍둥이 자매가 이미 대회에 나가기로 원서를 낸 상황이었다. 죽은 언니는 대회에 출전하지 못하는 것이 당연하지만, 남은 동생이 대회에 혼자 출전할 것이라고 기대하지 않았다. 작년부터 1년 반 동안 쌍둥이는 선의의 경쟁을 하며 방과후수업에서 열심히 주산을 배웠다. 이번 대회에서 쌍둥이는 서로 큰상을 받겠다고 다짐을 했던 터였다.

대회를 앞둔 며칠 전, 쌍둥이 엄마로부터 전화가 왔다. 장례식날 담임도 옆에 있었는데, 쌍둥이 동생이 주산 선생님을 찾은 것을 보니 그녀가 아이들에게 얼마나 살갑게 해줬는지 알겠더라며 고마움을 전했다. 그리고 동생은 언니가 없어도 꼭 주산 대회에는 출전하고 싶어 했다는 말을 전했다.

쌍둥이 동생이 슬픔에만 빠져있지 않다는 사실과 오히려 뭐든 열심히 하겠다며 의지를 불태우고 있다는 소식은 그녀에겐 특별하게 다가왔다. 아이가 무척 기특했고, 또 고마웠다. 그녀 역시 슬픔을 떨쳐내며, 아이들에게 필요한 선생님이 될 수 있어서 다행이라는 생각을 하게 되었다. 그녀는 동생이 언니의 죽음을 잘 극복하고 예쁘게 자랄 수 있도록 응원하며, 그날의 포옹을 잊지 않기로 다짐했다.

너는 구제불능이 아니야

새 학기가 되어 수업을 시작하는 첫날은 정신이 없다. 출석부에 등록된 아이들이 다 왔는지, 또 어떤 아이들이 내 수업을 신청하였는지 성향을 파악하느라 예민해지고 신경이 곤두서기 일쑤다. 특히 1학년 학생들은 얼마나 많이 들어왔는지에 따라 챙길 게 많다. 글자를 잘 모르는 아이도 있고 방과후수업에 익숙하지 않은 아이들도 있어 이들을 잘 이끌어가야 하기 때문이다.

2019년 3월, 김포의 어느 학교에서 있었던 일이다. 신학기를 시작하고 두 번째 수업 시간이었다. 보통 한 반에 20명이 정원인데, 그 학교는 25명이 정원이다 보니 더 정신이 없었다. 내 기억에는 2학년은 7, 8명 되었고 나머지는 모두 1학년이었다.

청동기 시대에 대해 공부하는 시간이었는데, 체험 수업으로 3D 입체 퍼즐 문화재를 함께 만들었다. 초가집을 입체 퍼즐로 만드는데 맨 앞에 앉은 남자아이가 유독 조립을 못해서 힘들어했다. 나는 다른 아이들을 도와주는 틈틈이 그 아이에게 시간을 많이 할애하며 조립을 도와주었다.

다음 주, 세 번째 수업 시간이 되었다. 그 아이만 결석해서 학부모에게 문자를 보냈더니, 수업 마치면 곧장 교실로 직접 찾아가겠다는 답장이 왔다. 문자만 봐도 학부모가 많이 화가 나 있다는 것을 단번에 알 수 있었다. 수업 내내 그 문자에 신경이 쓰여, 수업을 어떻게 진행했는지 잘 기억이 나지 않을 정도였다.

약속 시간이 되자 화가 잔뜩 난 학부모가 와서 자초지경을 설명했다. 지난주 아이가 난데없이 아빠에게 '구제불능'이라는 말이 무슨 뜻이냐고 물었다고 한다. 아빠는 누가 그런 말을 했느냐고 했더니, 방과후수업 시간에 내가 아이에게 그 말을 했다고 대답하더란다. 당시 상황을 떠올려봤지만 워낙 갑작스러웠기에 기억이 잘 나지 않았다. 결국 학부모에게 죄송하다며 사과를 하고, 어떤 상황이었는지 기억을 떠올려보겠다고 얘기했다.

일주일 내내 생각을 했지만, 명확한 기억이 떠오르지 않았다. 분명한 건 아이가 조립하는 걸 유난히 힘들어했다는 사실이었다. 나는 처음 한두 번은 친절하게 가르쳐 주다가 나중에는 짜증을 냈던 사실을 떠올렸다. 다만 내가 아이에게 직접 '구제불능'이라는 말을 했는지는 기억이 나지 않았다. 내가 그 일 때문에 힘들어하는 것을 옆에서 지켜보던 남편은 "당신이 아이에게 그런 심한 말을 했을 리가 없어"라고 말했다. 그렇다고 아이가 '구제불능'이라는 어려운 말을 지어냈을 리 없었다. 혼란스러웠다.

다음 주 다시 학부모가 나에게 찾아왔다. 아이에게 직접 구제불능이라고 말한 것은 아닌 거 같지만, 아이와 가족들이 상처를 받았으니 죄송하다고 정중하게 사과했다. 학부모는 알겠다고 하면서도 아이를 더 이상 수업에 보내지 않겠다고 했다. 학부모 입장에서는 충분히 그럴 수 있다고 생각하며 수업 취소 절차를 진행했다.

그 일이 있고 두어 달이 지났다. 당시 첨성대를 조립했는데 고난도의 작품이라 아이들이 유독 힘들어했다. 대부분의 아이는 잘 모르는 부분이 있으면 나에게 도움을 요청했는데, 가끔 혼자서 완성하겠다고 끙끙거리는 아이가 있었다. 명준이도 조각을 뒤집어 붙여놓거나 여러 번 다시 조립하는 바람에 퍼즐 조각은 너덜너덜해져 있었다. 나는 명준이 작품을 보고는 얼떨결에 "명준아, 너 이렇게 퍼즐 조각을 너덜너

덜하게 해놓으면 작품이 구제불능이 돼버려. 이음새가 힘이 없어서 다시 만들기 힘들어져"라고 말했다.

나도 모르게 이렇게 말하고 나서 그 당시의 상황에 대해 짐작이 갔다. 그렇다. 나는 아이에게 직접 구제불능이라고 말한 것은 아니었다. 다만 아이들이 작품을 여러 번 반복해서 조립하면 그 작품은 구제불능으로 원상복구 할 수 없다는 의미로 말했던 것이다. 남편이 말한 것처럼 내가 아이에게 그런 악의적인 말을 할 리가 없다고 생각하면서도, 당시 학부모와 아이의 오해를 풀 길이 없어 몹시 안타까웠다. 나의 말 한마디 때문에 의도치 않게 가족들이 상처를 입었으니, 아이들을 가르치는 교육자의 언행 습관이 얼마나 중요한지 새삼 깨달은 값진 경험이었다.

서재 청소와 복사기

작은딸은 몇 달 전부터 본인 방과 서재를 바꿔 달라고 했다. 그러라고 대답하긴 했지만, 그 일은 정말이지 엄두가 안 났다. 서재에 있는 그 많은 책과 물건을 어떻게 정리할 것이며, 그것을 서재보다 훨씬 작은 방으로 어떻게 옮길 것인가? 나에겐 마치 코끼리를 냉장고 안으로 집어넣는 과제처럼 다가왔다.

지금의 집으로 이사 온 지 9년이 되었다. 벌써 온 집안이 온갖 물건과 책으로 가득 채워져 있었다. 잡동사니도 많았지만 서재에 있는 책이나 물건은 우리 가족이 15년 동안 먹고 살게 해준 밑천들이었다. 책, 교구, 신문스크랩, 무수한 활자로 쌓인 종이 뭉치, 역사 교구, 거대한 사무실용 복사기까지...

방과후수업은 보통 교재를 사용하지만 수업 자료를 준비하다 보면 복사할 일이 무척 많다. 읽을거리를 발췌하고 지문과 발문도 일일이 복사해야 했다. 매일 수십 장의 복사를 하는 것은 수업 준비의 가장 중요한 일과였다. 학교 교무실에 복사기가 있긴 했지만, 사용하려면 눈치가 많이 보였다. 빨리 복사하고 나가기 위해 서두르다 보면 꼭 종이가 걸리는 사태가 발생했다. 마치 유령처럼 최대한 존재감을 드러내지 않으면서 교무실 들어가는 게 고역이었는데, 복사기를 사용하는 건 최대한 피하고 싶은 상황이었다. 그나마 복사기 사용을 허락하는 학교도 있지만 그렇지 않을 경우에는 복사기 사용이 비교적 쉬운 학교에서 두 배 분량을 복사하기도 했다.

　　나는 방과후강사 일을 계속하려면 무슨 일이 있어도 복사기가 필요하다고 생각했다. 그 다짐을 한 지 2년 만에 사무실용 중고 복사기를 샀다. 그런 연유로 복사기는 10년이 넘도록 나의 수업 교재를 공급하는 중요한 동반자가 되었다. 이제 서재를 정리하면서 정들었던 복사기를 없애야 하는 상황이 되었다.

　　아이들이 내는 방과후학교 수업료는 강사비와 수용비가 포함되어 있다. 수용비는 방과후수업을 하기 위해 필요한 물품이나 비용을 말한다. 분필, A4용지, 전기세, 수도세 등이다. 당연히 교무실에서 복사하는 비용도 포함되어 있다. 그럼에도 일부 학교는 방과후강사들에게 보드마커나 쓰레기봉투를 가지고 다니라고 했다. 나 역시 몇 년 전, 김포의 어느 초등학교에서 수업을 진행했는데 쓰레기봉투를 따로 받지 못했다. 수업을 마치면 직접 교실 청소를 해야 했고, 그때 나온 쓰레기를 집으로 가지고 왔다. 그 학교는 내가 사는 지역과 행정 구역이 달라 쓰레기 종량제 봉투가 달랐기 때문이다.

방과후강사들은 나처럼 방 한 칸, 때로는 집 전체가 수업을 하기 위한 교재나 교구, 물건 등으로 가득 채워 놓는 경우가 많다. 특히 교구를 많이 사용하는 선생님들은 물품 보관을 위해 따로 창고나 사무실을 마련하기도 한다.

작은딸의 요구로 남편과 함께 서재를 정리했다. 남편이 자꾸 나에게 물었다. 이 물건 버릴 것이냐, 저 물건은 안 버려도 되냐. 코로나바이러스 때문에 7개월째 수업을 못 하는 막막한 상황. 내 나이 55세. 몇 살까지 아이들을 가르칠 수 있을지 의문이 들었다. 그래서 쉽게 판단이 서지 않았다.

내일은 책을 정리해야 하는데, 또 숱하게 고민하지 않을까 싶다. 분명 어떤 책은 버려질 거고, 또 어떤 책은 살아남을 것이다. 그중에는 40년이 넘은 것들도 많다. 나와 오랜 시간을 함께한 책들이다. 결심이 서서 간신히 버리더라도, 나는 그 책으로 수업했던 기억들을 지우지는 못할 것이다. 가지고 있어도 책을 볼 일은 없을 거 같은데, 그야말로 미련

덩어리 그 자체일 텐데. 이런 마음을 몇 번이고 다짐하지만 비우는 일은 언제나 힘들다. 간신히 책장을 비우더라도, 아쉬움만은 비우지 못할 것만 같다.

오늘은 서재에 있던 식탁, 장식장, 책꽂이, 복사기가 사라졌다. 더불어 숱하게 쌓여 있던 수업 준비물도 버렸다. 15년 수업의 역사가 한순간에 사라지는 느낌이다. 고맙고 아쉬운, 내 노동의 살점들이다.

chapter 2

복도를 서성이는 유령, 방과후강사

"방과후강사에게 가장 어려운 점은 담임이 교실을 비워줄
때까지 복도에서 서성거리며 기다리는 시간이다.
담임과 눈이라도 마주치면 마치 교실을 빨리 비워달라며
부담을 주는 것 같아 미안한 마음이 든다.
복도에서 마주치는 교직원과 인사를 나누는 경우도 있지만,
서로가 서먹해서 그냥 슬쩍 피해 가는 일도 많다.
마치 자신의 존재를 알리고 싶지 않은,
복도를 서성이는 유령이 된 기분이다."

비정규직은 많이 벌면 안 되나요?

전국에는 12만 명의 방과후강사가 있다. 강사들이 가르치는 과목은 약 50여 가지쯤 된다. 지역이나 학교에 따라 운영 방식이 다르고 강사료도 천차만별이다. 사람들이 '방과후강사'라는 직종에 대해 궁금해하는 것 중 하나가 '얼마를 버는가?'이다. 개인의 역량에 따라 과목에 따라 다르긴 하지만, 컴퓨터, 요리, 실험과학, 스포츠와 같은 과목은 아이들이 좋아하는 수업이라 대체로 수입이 안정적이다. 그러나 내가 가르치는 논술 수업은 일단 재미가 없다 보니 신청자가 많지 않다.

지역마다 차이는 있지만 주 1회 혹은 주 2회 수업을 하며 하루에 가르칠 수 있는 수강생은 40~60명 정도다. 강사료는 학생 한 명당 한 달 기준으로 2~3만 원을 받는다. 강사에 따라 일주일에 학교를 두 군데 나가기도 하고, 많이 나가는 사람은 토요일 수업까지 포함해 총 여섯 군데를 나가기도 한다.

방과후강사는 개인사업자로 분류되는 만큼 열심히 일하는 사람은 일반 회사원보다 잘 벌기도 한다. 다만 비인기 과목의 강사 수업은 수강생이 10명 안 되기도 하고 그마저도 폐강이 되는 일도 있다. 농산어촌 강사들은 시간당으로 강사료를 받기 때문에 아무리 열심히 일해도 월 150만 원을 넘기기 어렵다.

앞에서 밝혔던 것처럼 도시권 학교는 수익자 부담이라 강사의 수입도 천차만별이다. 그러나 성실하게 일하다 보면 다른 직종보다는 꽤 높은 소득을 올릴 수 있다. 그런 장점 때문에 방과후강사를 하려는 사람들이 점점 많아져, 경쟁률이 갈수록 치열해지고 있다. 몇 년 전 서울의 어느 초등학교는 미술 강사 한 명을 뽑는데 50명이 지원했다고 한다.

도심권의 학교는 신청자 인원에 따라 강사료를 받는데, 농산어촌처럼 시간당으로 강사료를 지급하는 지역도 있다. 바로 강원도와 제주도이다. 우선 강원도가 시간당으로 받게 된 배경에 주목할 필요가 있다.

강원도는 수익자 부담인데도 2015년부터 시간당으로 강사료를 받으라고 강원도교육청에서 일방적으로 결정을 내렸다. 그렇게 된 이유는 방과후강사가 일하는 시간에 비해 돈을 너무 많이 번다는 몇몇 교사의 지적 때문이었다. 컴퓨터는 방과후수업에서 인기가 많은 과목이다. 학부모와 아이 모두 컴퓨터를 다루는 능력은 영어나 수학처럼 꼭 필요하다고 생각한다. 어떤 학교는 전교생의 절반이 컴퓨터 과목을 신청한다. 이러한 상황 속에서 교사들은 컴퓨터 방과후강사의 수입이 자신들의 초봉보다 더 높다고 불평했고, 그 의견이 반영된 것이라고 한다. 그들의 논리는, 방과후강사와 같은 비정규직은 정규직인 교사보다 많이 벌면 안 된다는 것이다. 물론 모든 교사가 그런 생각을 하는 건 아닐 것이다. 혹시라도 모든 교사가 그렇게 생각한다면, 우리 교육은 앞이 보이질 않을 만큼 너무나 암담해질 것이다.

그럼에도 이러한 이유로 강원도 교육청의 방과후강사 강사료 책정 방식이 갑자기 바뀌게 된 것이다. 마른하늘에 날벼락도 유분수지, 몇몇 교사의 이런 인식 때문에 강원도 방과후강사들은 하루아침에 수입이 절반이 되거나 30% 정도 감소하게 되었다. 이 부분은 내가 강원도 담당 주무관에게 직접 확인한 사실이다.

강사 직종에는 방과후강사 외에도 영어회화강사, 스포츠강사, 다문화강사 등 8개가 있다. 이들은 시간당 강사료를 받기도 하지만 대부분은 무기계약직으로 전환되었고 4대 보험이 적용된다. 그러나 방과후강사는 이들 중 유일하게 개인

사업자로 분류되며 4대 보험도 적용되지 않는 등 고용 형태가 가장 열악하다. 교사와 비교하면 방과후강사는 퇴직금이나 연금, 상여금도 없다. 단순히 학교에서 보내는 시간이 반나절인데도 돈을 많이 번다고 지적하는데, 대부분의 방과후강사는 집에서 수업을 준비하는 시간이 더 많다. 거기다 방학 동안 연수와 교육 등에 투자하는 시간과 비용도 만만치 않다.

요리 과목만 살펴봐도 수업을 준비하는데 시간이 얼마나 많이 필요한지 알 수 있다. 요리 강사들은 수업을 위해 전날 신선한 재료를 구매하고, 식재료를 다듬고, 아이들 숫자에 맞게 일일이 소분한다. 그리고 당일에는 적어도 두세 시간 일찍 와서 수업을 준비한다. 수업을 마친 다음 뒷정리는 물론 장비를 옮기고 청소까지 하다 보면 마무리 시간만 두 시간 이상 걸린다. 나 역시 수업을 업그레이드하고 새로운 프로그램을 익히기 위해 방학 때마다 공부를 했고, 그렇게 딴 자격증이 10개가 넘는다.

내가 아는 요리 강사님은 혼자 수업을 준비하고 진행하기 힘들어서 7~8년 전부터 남편과 같이 요리 수업을 한다. 남편도 번듯한 직장이 있었지만, 부인이 도저히 요리 수업을 혼자 감당하기 버거워서 남편이 과감하게 직장을 그만두고 부부가 함께 방과후수업을 하고 있다. 그만큼 노동 강도가 높고 눈에 보이지 않는 시간이 필요한데, 학교에서는 수업하는 그 시간만 노동 시간으로 간주하는 것이 무엇보다 아쉽다.

이러한 상황을 알지 못하고 비정규직은 많이 벌면 안 된다는 몇몇 교사의 인식에 아쉬운 부분이 많다. 비정규직이라 해서 정규직보다 실력이나 노력이 부족하다고 함부로 단정 지을 순 없다. 비정규직들은 불안정한 고용 환경과 여건 속에서 매일 매일 최선을 다하며 살아가고 있다. 모든 노동은 정규직이든 비정규직이든 그 땀방울 자체로 존중받는 세상이 되길 간절히 소망한다.

어느 방과후강사의 죽음

초록이 짙어가던 5월의 어느 아침이었다. 당시 고등학교 1학년이던 작은아이의 학부모 단톡방에서 부고장이 떴다. 이런 경우는 난생처음이라 황망한 마음으로 부고 소식을 아주 천천히 읽어 내려갔다.

그녀를 만난 건 학부모 첫 모임이었고, 불과 한 달 전이었다. 한 학급에 35명 정도였는데, 20명 넘는 학부모가 그 자리에 참석했다. 학부모와 아이 모두 학교에 굉장히 관심이 많다는 것을 단번에 알 수 있는 자리였다. 참석자가 많다 보니 두 그룹으로 나누어서 이야기를 주고받았다.

그녀는 나보다 늦게 왔기에 다른 그룹에 앉아 있었다. 언뜻 보기에도 나보다 두어 살은 많아 보였다. 살집이라고는 하나도 없는 깡마른 체형에 부드러운 인상은 어디선가 본 듯한 선한 이미지를 심어주었다. 문화센터에서 댄스를 가르친다는 말을 듣고 나는 어쩌면 방과후강사 일을 하고 있을지도 모른다는 생각이 들었다. 나는 그녀와 따로 이야기를 더 나누고 싶었지만, 참석한 학부모가 너무 많아서 그럴 기회가 없었다. 스무여 명의 학부모가 모이니 학교 소식이나 진학 이야기, 학급 소식을 주고받느라 분위기가 분주했다.

작은아이가 다니는 학교는 자율형 공립학교라 고양과 파주에 있는 중학교에서 성적이 우수한 학생이 선발되어 모이는 곳이었다. 아이가 다니던 중학교에서는 겨우 3명이 그 학교로 진학할 정도였기에 동창을 다시 만나기는 쉽지 않았다. 학부모 모임에서 만난 그녀의 딸과 작은 아이가 초등학교 3학년과 6학년 때 같은 반이었다는 걸 알게 되니, 그 모녀에 대한 관심이 남다를 수밖에 없었다.

부고가 뜬 날, 시간이 되는 학부모들은 장례식에 참석하였고 다른 학부모들은 십시일반 조의금을 보냈다. 하교 후에는 담임선생님과 반 전체가 장례식장에 다녀가기도 했다. 그날, 나는 성남의 중요한 행사에 갔다 오느라 몹시 피곤한 상황이었다. 왕복 4시간이나 운전을 하다 보니 몸이 물에 젖은 솜뭉치처럼 마냥 무거웠다. 나는 장례식을 갈까 말까 한참을 고민했지만, 결국 피곤하다는 핑계로 가지 않았다. 알고 보니 장례식장도 우리 동네였고, 조문객도 거의 없었다는 말을 듣고 뒤늦게 막심한 후회가 밀려왔다.

며칠 후, 평소처럼 교회에 갔는데 교회 주보의 부고 소식을 보고 그 아이도 나와 같은 교회에 다닌다는 사실을 알게 되었다. 우연치고는 연결점이 많아 자연스레 관심이 갔다. 교우들을 통해 듣기론 고인이 된 그녀는 남편도 없이 오랫동안 혼자 딸아이를 키웠다고 했다. 무엇보다 내 예상대로 방과후강사 일을 했다.

아이가 고등학생이 되면서 자연스레 그녀의 일이 많이 늘어났다. 임종하던 당일은 일요일이었는데, 집에서 쉬는 중에 조용히 눈을 감았다고 한다. 평소에 특별한 지병은 없었기에 과로사였다. 몸을 많이 쓰는 일을 하면서도 식사를 거의 하지 않았다고 나중에 전해 들었다. 고작 오십 대 중반의 나이에 유언도 남기고 못하고 휴식을 취하듯 외롭게 임종한 것이다.

그녀는 서울의 유명 대학에서 발레를 전공했고, 국립발레단 소속의 발레리나로 활동했다. 이유는 모르겠지만 30대 후반, 늦은 나이에 아이를 낳고 홀몸으로 딸아이를 키웠다. 그녀는 전공을 살려 방과후수업에서 댄스를 가르쳤는데, 나이가 쉰 살이 넘은 후에는 면접에서 자꾸 탈락했다. 한자나 바둑처럼 연륜이 필요한 과목은 나이가 많아도 큰 어려움이 없었지만, 댄스나 스포츠, 예능 과목은 학교에서 나이 든 강사보다는 젊은 강사를 채용하는 게 일반적이었기 때문이었다.

그런 열악한 상황에서 그녀는 딸을 위해 열심히 돈을 벌었다. 아이는 영어 말하기 대회에서 여러 번 상을 받았고, 시험을 치면 늘 백 점을 받았다. 아이에 대한 기대가 남다를 수밖에 없었다. 원래는 아이를 외고에 보내고 싶었는데, 학비가 부담돼 학교를 바꾸지 않았나 생각이 들었다. 똑똑하고 총명한 딸의 뒷바라지를 위해 그동안 얼마나 열심히 일했을지, 나는 그 심정이 조금이나마 이해가 되었다.

그녀는 평소 동물 보호에도 앞장섰고 지역 봉사 활동에도 많이 참여했다. 길고양이들에게 먹이를 챙겨주는 것은 물론 아픈 고양이들을 치료해 주기도 했다. 게다가 노인과 장애인을 위해 봉사 수업도 많이 했다. 여기저기서 들은 이야기를 종합해 보니, 넉넉하지 않은 살림에도 선하게 살아간 사람이었다.

그녀는 나이 때문에 방과후강사로 쉽사리 임용되지 않았다. 결국 낮에는 주로 문화센터에서 일했고, 밤에는 요가 강사로 개인 수업을 진행하곤 했다. 그리고 방과후강사 일은 간신히 합격했던 학교 한 곳에서 유일하게 수업을 진행하고 있었다. 만약 나이가 많지 않았다면 방과후수업만 해도 수입이 괜찮지 않았을까, 절로 아쉬움이 느껴졌다.

그녀는 십여 년 전 유방암에 걸렸다고 한다. 당장 치료를 받아야 했기에, 5살 된 아이를 데리고 다니며 치료를 받앞다. 아이를 맡길 곳이 없을 만큼 의지할 곳 없는 외로운 처지였다. 딸아이와 함께 이 험난한 세상을 살아가기 위해 홀로 얼마나 애썼을지, 그 모습이 영화의 한 장면처럼 내 머릿속에 환하게 그려졌다.

그녀가 남긴 거라곤 몇백만 원의 전세금과 낡은 소형차 한 대가 전부였다. 아이를 위해 준비해뒀을 거라 생각되는, 재단과 기업에서 주는 장학증서도 두 개 있었다. 다행히 아이는 엄마의 장례식 이후에도 착실하게 학교에 다니며 좋은 성적을 받았고, 지금은 유명 대학의 신입생이 되어 변호사라는 멋진 꿈을 품고 있다. 현재 엄마와 같이 키우던 강아지 두 마리와 잘 지내고 있다고 한다.

열악한 환경에서 고군분투하던 방과후강사 한 분은, 이토록 안타깝고 외롭게 세상을 떠났다. 어디선가 면접 장소에서 한 번은 스쳐 지나갔을지도 모르는 인연이었다.

운영위원회 도전기

벌써 4, 5년이 지난 일이다. 방과후강사 일을 하다 보면 학교 운영의 중요한 일은 운영위원회에서 결정하는 것을 자연스레 알게 된다. 그래서 방과후강사라면 운영위원회에 관심을 가질 수밖에 없다. 그런 이유로 나는 한 번쯤은 운영위원이 되어 학교 운영 전반에 대해 알아봐야겠다고 다짐했다. 당시 작은아이가 다니던 중학교의 운영위원회에 지원하려고 운영위원인 엄마에게 물었더니, 의외의 대답을 들었다.

현재 운영위원회는 특정 초등학교를 졸업한 아이의 학부모로 구성되어 있으니, 다른 학교를 졸업한 학부모는 받아주지 않는다는 것이다. 나는 그 말을 듣고 도저히 납득이 가지 않아 교무실에 전화를 했다. 교무부장은 절대 그럴 리가 없다고 아주 천연덕스럽게 대답했다. 그러나 다른 운영위원에게 확인한 결과 내가 알던 게 사실이었다. 기실 내가 그 학교 위원이 된다고 해도 그런 집단의 일부가 되고 싶지 않았다.

일 년이 지나고 다시 신학기가 시작되었다, 3월은 언제나 새로운 기대감이 무지개처럼 일상을 환하게 비춰주는 계절이다. 학교 교문에는 노오란 병아리처럼 귀여운 1학년 신입생들의 재잘거림과 싱그러움으로 넘쳐났다. 그 해는 방과후수업도 많지 않아 시간적 여유가 있었다. 그래서 다시 운영위원회에 도전하기로 다짐했다. 학교 운영위원회는 학부모 위원과 지역 위원 그리고 교직원 위원으로 구성되어 있다. 나는 지역 위원 자격으로 운영위원회 일을 하고 싶다고 했다. 학교에 직접 전화해서 지역운영위원회를 신청하는 절차를 묻고, 신청서를 직접 받으러 갔다. 그런데 행정실무사는 신청서 작성 외에도 현재 활동하고 있는 운영위원들의 추천서를 꼭 받아 오라고 했다. 나는 아는 운영위원이 없어서 포기하겠다고 했더니, 실무사는 내일 학교로 나오면 교직원 운영위원의 추천서를 써주겠다고 했다.

다음 날 나는 부리나케 학교로 달려갔다. 담당 부장 선생님이 수업 중이라 한 시간 정도 교무실에서 기다렸다. 방과후강사에게 교무실은 무척 익숙하면서도 불편하고 부담스러운 공간이다. 기다리는 그 한 시간 내내 벌을 서는 것과 다름없는 불편함이 내 의식 속에 도사리고 있었다. 교감 선생님의 근엄한 존재감과 적막하고 고요한 공간 속의 탁상행정의 숨 막히는 분위기... 마치 그 적막감을 깨우듯 수업 종료를 알리는 종소리가 경쾌하게 울려 퍼졌다. 곧 담당 부장과 인터뷰를 시작했다. 질문 내용은 주로 내가 어떤 일을 하고 있는지, 왜 운영위원회를 지원했는지 등이었다.

인터뷰가 끝나자 부장은 집에서 기다리면 연락을 주겠다고 했다. 나는 그 자리에서 추천서를 안 써주는 게 이상했지만, 그냥 기다려보기로 했다, 나는 두 아이를 그 학교에서 졸업시킨 학부모였고, 방과후강사로 오랜 시간 근무한 교육 종사자이기도 했다. 무엇보다 교육에 관심이 많아서 제 발로 찾아가 운영위원회 활동을 하겠다는 사람이었다. 그것만으로 자격은 충분하다고 확신했다. 나는 내심 긍정적인 결과를 기다렸다. 한참 후에 행정 실무사는 오늘 중으로 추천서를 받아 와야 운영위원회에 지원할 수 있다고 연락이 왔다. 나는 부장에게 전화해, 교사추천서 써 준다고 하지 않았냐고 물었다. 그랬더니 나에 대해서 아는 게 없어서 추천서를 써 주기 어렵다는 답변을 하였다. 너무 어이가 없었다. 운영위원회를 왜 하려고 하는지 인터뷰할 때는 언제고, 이제 와서 나를 신뢰하지 못 하겠다는 것이다. 내가 만일 변호사나 교수 정도의 전문 직업이었더라도 그렇게 대했을까?

다음 날 나는 국민신문고에 민원을 넣었다. 민원의 요지는 지역 운영위원을 자발적으로 하겠다는 사람에게 왜 추천서가 필요하냐는 내용이었다. 그리고 민원 말미에 학교로 방문하면 교사의 추천서를 써 준다고 전달한 행정 실무사에게 불이익이 없도록 배려해 달라고 부탁했다.

아니나 다를까, 교육청 민원 담당자는 실무사가 일방적으로 판단해서 추천사를 써준다고 나에게 말했을 거라 얘기했다. 결국 실무사가 잘못 전달한 거고, 원칙대로 했을 뿐 학교는 잘못은 없다는 것이다. 시스템의 문제는 전혀 없고, 실무사 개인의 잘못으로 결론이 난 셈이다.

학교 운영위원은 그리 대단한 권력 집단도 아니고 벼슬도 아니다. 그럼에도 같은 출신학교 학부모끼리 몰려다니면서 힘을 행사하는 점이나, 굳이 현직 운영위원 추천서가 있어야만 할 수 있다는 지침도 그렇고, 나로서는 도저히 이해할 수 없는 경험이었다.

사투리 때문에

　방과후강사들은 찬 바람이 불기 시작하면 마음이 심란해진다. 면접 철이 다가오기 때문이다. 지역에 따라 차이는 있지만 11월부터 1월까지 학교마다 모집 공고를 내고 서류를 접수한다. 10여 년 전에는 10가지 정도의 서류를 제출했었는데, 최근에는 노조의 요구가 반영되어 서류가 서너 가지로 간소화되었다. 다만 학교마다 요구하는 이력서 양식이 조금씩 다르다 보니 서류 작성하기가 무척 번거롭다. 그럼에도 서류를 제출하는 것은 그다지 어려운 일이 아니다. 서류 전형으로 2배수나 3배수로 거른 후 면접을 보는 일에 비하면 말이다.

　오륙 년 전 일이다. 당시 내가 출강하던 학교는 파주에서 규모가 가장 큰 학교였다. 저출산 시대가 시작되면서 전교생 천 명이 넘는 학교를 찾기가 무척 힘든 상황이지만, 그 학교는 1,800여 명의 학생이 다니는 대규모 학교였다. 방과후학교 운영도 잘 되고 학교 규모가 크다 보니 그 지역 방과후강사들이 선망하는 학교로 자리 잡고 있었다.

방과후학교는 1년간 수업한 뒤 학생과 학부모들이 평가한 만족도 점수를 기준으로 다음 해에 그 강사를 채용할 것인지 결정한다. 대부분의 학교는 1년 차에 강사들의 평가가 좋으면 면접 없이 강사를 채용한다. 다만 그해 학교 평가에서 나는 탈락하고 말았다. 곧장 부장을 찾아가서 탈락을 한 이유를 알고 싶다고 했더니, 부장은 자세히 설명을 해 주었다.

그 설명은 나에게 충격적이었다. 공개 수업에 학부모가 모니터링을 했는데, 내가 경상도 사투리가 너무 심해서 강사로서 부적격하다고 판단했다는 것이다. 그리고 내가 수업 시간에 휴대폰을 봐서 그것도 나쁘게 평가되었다고 한다. 나는 그 말을 듣고 강사 평가 회의에 교감 선생님께서 있었을 텐데 그때 어떤 의견을 냈을지가 무척 궁금했다. 왜냐하면 교감 선생님도 부산에서 온 지 불과 1년도 안 되었기 때문이었다.

정교사 중 지방 출신 교사도 많을 텐데, 과연 그들도 사투리 때문에 평가에서 불이익을 당하거나 해고당하는 일이 있을까? 학부모 모니터링에서 경상도 사투리를 사용하는 나를 재계약하지 말자는 의견을 냈더라도, 결정은 오롯이 학교가 내린다. 지역 문화와 언어의 다양성을 알려주는 것도 교육의 과제인데, 오히려 학교가 앞장서서 지방 문화를 차별한다는 느낌 때문에 나는 오랜 시간 불쾌했다.

학부모 모니터링으로 강사를 평가하는 과정도 문제가 있었다. 당시 학부모들은 교실에 들어오지 않고, 복도에서 내 수업을 몰래 보고 갔다. 수업을 하다 보면 결석한 아이들의 학부모에게 문자도 보내야 하고, 간혹 학부모들의 다급한 문자도 많이 온다. 그러면 강사들은 바로 답 문자를 줄 수밖에 없다. 그런데도 강사가 왜 휴대폰을 보는지 묻지 않고 일방적으로 강사의 행위만 문제 삼은 것이다.

기실 사투리에 대해서 하고 싶은 말이 있다. 나는 독서도 가르치지만 역사 수업도 병행하고 있다. 역사를 좋아하는 아이도 있지만, 부모님의 강요 때문에 억지로 오는 아이도 더러 있다. 그럼에도 아이들이 내 수업을 좋아하는 이유 중 하나는 사투리 때문이다. 역사 수업 자체가 스토리텔링이다 보니 역사를 어렵지 않고 재미있게 전달하는 것이 관건이다. 나는 역사를 아이들에게 쉽게 이해시키기 위해 역사 용어에 대해서 최대한 쉽게 풀어서 설명한다.

예를 들어 임진왜란, 병자호란, 을미사변과 같은 용어는 먼저 60갑자의 원리를 자세히 설명해 준다. 그런 다음 '임진왜란은 임진년(1592년)에 왜(일본)나라가 난(전쟁)을 일으킨 사건이야'라고 설명한다. 병자호란 역시 60갑자를 이미 설명했으니, 호란에 대해 설명을 한다. '호'라는 한자는 오랑캐 '호' 자인데, 호주머니, 호빵, 호떡, 5호 16국에 나오는 '호' 자가 모두 '오랑캐'라는 뜻이다. 그러므로 호떡은 오랑캐들이 먹는 떡에서 유래되었고 '호란' 역시 청나라를 뜻하는 오랑캐가 전쟁을 일으켰다는 의미라고 알려준다. 이런 설명을 할 때 아이들에게 익숙한 표준말이 아닌 경상도 사투리를 많이 사용한다. 그러면 역사 수업은 아이들에게 보다 입체적이고 흥미롭게 다가간다.

가끔 아이들이 나에게 묻는다. "선생님, 시골에서 왔어요?" "너는 선생님이 왜 시골에서 왔다고 생각하니?" 하고 되묻는다. 아이는 "선생님 말이 이상해요"라고 대답한다. 그러면 나는 "응, 선생님이 부산사람이라서 그래"라고 하면 저학년들은 "선생님, 그럼 오늘도 부산에서 기차 타고 우리 학교 왔어요?"라고 말한다. 나는 그렇게 말하는 아이들이 얼마나 귀엽고 사랑스러운지 모른다. 아이들이 간혹 내 억양을 잘 알아듣지 못할 때도 있지만, 그것으로 나를 차별하거나 평가하지는 않는다. 몇몇 어른의 시각 때문에 아이들이 문화적 다양성을 배울 기회가 가로막히는 기분이다.

왜 수업에 안 오세요?

방과후강사 일을 시작하고 한 해를 넘긴 즈음이었다. 처음엔 내 아이들이 다니는 학교에만 수업을 나가다가, 그해 늦가을에 다른 학교 수업을 나가게 되었다. 당시 그 학교는 개교한 지 얼마 되지 않아 10월에 모집 공고를 내고 11월부터 수업을 시작했다. 그 학교는 전교생이 백여 명밖에 되지 않았고 내가 맡았던 과목은 독서논술이었다. 내가 가르치는 아이들은 10명이었는데, 1학년부터 6학년까지 모든 학년을 함께 가르쳐야 했다. 독서논술은 수준별 고려 없이 가르치면 교육적 효과를 전혀 기대할 수 없다. 그러나 강사는 학교가 원하는 방침을 따라야만 했다. 그래서 난이도가 그다지 없는 그림동화나 전래동화를 중심으로 수업을 진행했다. 그런 어려움 속에 두어 달 수업을 마무리했고 해를 넘겨 1월이 되었다.

당시 설 연휴는 1월 말이었다. 그 학교는 12월 말까지 방과후수업을 운영하고 겨울 방학에는 운영하지 않았다. 그리고 개학과 동시에 방과후수업도 함께 진행한다고 했다. 나는 설을 앞두고 가족들과 친정으로 내려갔다. 부산에서 결혼 생활을 하다 경기도로 올라간 지 2, 3년이 채 안 되었기 때문에 명절마다 부산에 내려가는 것은 나에게 큰 즐거움이었다. 그날도 설을 하루 앞두고 친정어머니와 전을 부친다고 정신없는 하루를 보내고 있었다. 온 집안 가득 느끼한 기름 냄새가 진동을 했지만, 가족들이 웃고 떠들며 음식을 장만하는 것은 1년간 묵었던 일상의 찌꺼기를 한 방에 날려 보내는 위로의 시간이었다. 비로소 고향에 와 있다는 안도감이 느껴졌다. 그렇게 친정 가족과의 해후를 만끽하며 더없이 즐거운 시간을 보내고 있었다. 명절의 풍요로움과 활기가 가득 넘치던 공간, 갑자기 불길한 전화벨이 울렸다.

시계를 보니 오후 1시가 조금 넘은 시각이었다. 전화를 받으니 출강하는 학교의 담당 교사의 목소리가 들렸다.

"논술 선생님, 지금 수업 시간 지났는데 왜 학교에 안 오시는 거죠? 지금 어디세요?"

"저 지금 부산인데요? 그 학교 지금 겨울 방학 기간 아닌가요?"

"이번 주 월요일부터 우리 학교 개학한 거 모르고 있었어요?"

순간 눈앞이 깜깜해졌다. 학교에서는 10명의 아이가

논술 수업을 하기 위해 나를 기다리고 있고, 나는 지금 부산에서 부침개를 뒤집고 있었다. 담당 선생님은 알겠다고 날카롭게 대답을 하고 전화를 끊었다. 살면서 여러 가지 일을 겪지만, 멘붕이라는 말이 이때만큼 와닿는 날이 또 없었을 것이다. 대부분 학교의 겨울 방학은 2월 5일을 전후로 약 한 달 반 정도 운영한다. 다만 그 학교는 1월 20일까지 겨울 방학이었다는 걸 내가 몰랐던 것이다.

나는 전화를 끊고 평소처럼 시간을 보냈지만, 설 연휴 내내 그야말로 좌불안석이었다. 가족들과 맛있는 음식을 먹어도 그 맛이 느껴지지 않았고, 재미있는 TV 프로그램을 봐도 웃음이 나오지 않았다. 가족들이 내 상황을 알고 온갖 위로와 응원의 말을 건넸지만, 전혀 도움이 되지 않았다. 어차피 엎질러진 물이라고 하기에는 너무 큰일이 벌어졌기에, 결코 마음이 편하지 않았다.

그 일 때문이었을까, 그다음 해에 계약이 연장되지 않았다. 겨우 3개월 수업을 끝으로 계약이 만료된 것이다. 나는 당시 일 때문에 14년이 지난 지금도 가끔 주말에 낮잠을 자다가 놀라서 깨곤 한다. '나 지금 수업 가야 하는데 왜 자고 있지?'라는 생각이 들면 화들짝 놀라 달력을 보는 일이 허다했다. 살면서 실수 한두 번을 하는 게 특별한 일은 아니다. 그러나 방과후강사에겐 한 번의 실수도 용납이 되지 않았다. 주변 강사들의 이야기를 들어 보면 사연들이 정말 다양하다. 어느 바둑 강사는 에어컨을 끄지 않고 퇴근했다가 계약 해지가 된 경우도 있었다. 학교 입장에서는 그 강사가 아니라도 대체 인력이 충분히 많기 때문에, 쉽게 쉽게 계약을 해지하고 새로운 사람을 채용하는 것이다. 지금 생각해보면 방과후강사를 시작한 지 1년이 채 되지 않은 시기에 겪은 일이었기에 충분히 겪을 만한 실수였다. 다만 그 트라우마는 아직도 유효했다. 나는 그 일을 겪은 이후 수업 시간에 늦지 않으려고 노력하는 건 물론, 수업 시간 확인하는 것을 최우선으로 신경 쓰게 되었다. 특히 명절이 되면 출강하는 학교의 시간표를 여러 번 확인하고 있다. 뼈아픈 실수가 새로운 습관을 만든 셈이다.

6만 원 돌려주세요

코로나19로 수입이 거의 없어진 방과후강사들이 많아졌고, 자연스레 노동조합에 가입하는 이들도 부쩍 늘어났다. 3개월 만에 조합원 수가 두 배가 된 것이다. 경제적 어려움은 방과후강사들이 노조의 필요성을 깨닫게 되는 커다란 계기가 되었다. 물론 그 전부터 나를 비롯한 지역의 간부들이 노조를 운영하며 신뢰를 탄탄하게 다지기 위해 노력한 결과이기도 했다.

방과후강사는 전국에 걸쳐 12만 명 정도 있는데, 현재 SNS를 통해 소통하고 있는 강사는 약 만 명이다. 주로 SNS에서 활동하는 내용을 보고 전국의 방과후강사들이 노조에 가입하기 때문에 SNS 관리는 무척 중요한 활동이다.

어느 날 전라도 지역의 조합원이 나에게 문자를 보냈다. 조합비 6만 원이 빠져나갔는데 제발 돌려달라는 부탁이었다. 글의 행간에서 그 강사가 얼마나 절박한지 나는 그녀의 심정을 단박에 알 수 있었다. 한 달 조합비는 만오천 원이었는데 통장 잔고가 없어서 조합비가 넉 달 밀려 있다가, 통장에 돈이 들어오자 한 번에 빠져나간 것이었다.

조합원이 보낸 문자의 문맥을 보면 마치 노조가 강제로 조합비를 강탈한 것으로 느껴지는 어투였다. 나는 그 조합원에게 전화해서 자세한 얘기를 나누었다. 본인 생활이 너무 어려운데 왜 조합에 가입했는지 물었더니, 기억이 안 난다고 했다. 아마도 내 SNS 글을 보고 어느 순간 가입한 거 같다고 대답했다. 노조는 조합원의 개인정보도 모르고 더군다나 은행 계좌나 주민등록번호도 모른다. 내가 노조의 조합원 담당 실무자를 통해 확인해 보니 본인이 직접 가입한 게 맞았다. 나는 6만 원이 조합비로 인출된 경위를 그녀에게 자세히 설명했다. 노조 규약 원칙상 한 번 걷은 조합비를 돌려주지 않는데, 이번에만 돌려주겠다고 했다. 그 조합원은 6만 원이 전 재산이라 어쩔 수 없다며 미안하다는 말을 거듭했다. 그리고 조합을 탈퇴했다.

며칠 뒤 천주교에서 방과후강사들에게 쌀, 라면, 김치, 참치, 휴지 등을 준다며 꼭 도움이 필요한 강사들의 명단을 요청했다. 어림잡아도 15~20만 원어치의 귀한 생필품이었다. 나는 이 물품들을 생활이 어려운 방과후강사들에게 골고

루 나눠주려 노력했다. 장애아를 키우는 강사, 한 부모 가정, 1인 가정 등 되도록 구호 물품이 절실한 강사들을 선정했다. 그리고 마지막으로 조합비 6만 원을 돌려달라고 했던 그 강사에게 전달했다. 강사는 생필품을 받을 자격이 안 된다며 한사코 사양했지만, 나는 편하게 받아도 된다고 그녀를 다독였다.

당시 조합비를 돌려준 뒤에도 그녀의 고달픔이 내 머릿속에서 잊히지 않았다. 전 재산 6만 원이 통장에서 연기처럼 사라졌을 때의 막막함이 내게 그대로 전해졌기 때문이다. 누군가에겐 적은 돈이지만, 누군가에겐 마지막 생명줄처럼 소중한 돈이다. 그 절박함에 대해 누가 욕할 것인가? 그런 절박함을 겪는 중에도 천주교의 구호 물품이 세상의 수많은 이에게 위로와 격려의 양식이 되어 그들을 지켜주었을 것이다. 이후에도 천주교서울대교구는 여러 차례 우리 방과후강사들을 위해 생필품을 전해 주었다. 강원도 어느 강사님은 일주일을 굶으며 남모르게 눈물을 흘렸고, 다둥이 엄마는 아이들에게 라면도 끓여주지 못해 힘들어했다. 다행히 그들에게 쌀과 라면이 전달되었다. 장애아를 둔 강사는 아이에게 맛난 참치를 줄 수 있었고, 수입이 거의 없어서 생리대를 아껴야 하는 강사님은 더 이상 생리대 걱정을 하지 않을 수 있게 되었다. 이런 아름다운 연대로 방과후강사들은 고단한 삶을 지

탱하고 힘을 얻었다.

언젠가는 코로나가 사라지고 다시금 활기차게 수업하는 날이 올 것이다. 방과후강사들의 통장도 다시 넉넉해져서 조합비 내는 것이 부담으로 다가오지 않는, 그런 날이 분명 올 거라 나는 믿는다. 6만 원이 전 재산이었던 강사님도 자신의 통장에 6백만 원 정도는 충분히 채울 수 있는 삶의 여유가 찾아오길 진심으로 바랄 뿐이다.

노예 계약 요구하는 송출 회사

어느 강사에게 다급하게 전화가 왔다. 본인은 7년째 송출 회사에 소속된 강사이고 이제 독립을 하려는데 나에게 도와 달라고 했다. 그 강사는 무려 7년 동안 강사료의 절반에 해당하는 금액을 송출 회사 사장에게 빼앗겼는데, 그 금액을 계산해보니 1억 가까이 되었다. 정작 본인은 송출 회사에게 준 수수료를 계산한 적이 없었는데, 내가 1억이라고 했더니 본인이 더 놀라는 것이었다.

방과후수업 강사료는 행정실에서 매달 강사들의 통장으로 입금한다. 반면 송출 회사 소속 강사들의 통장은 회사 사장이 들고 있으며, 강사료가 입금되면 업체는 강사에게 절반 정도만 현금으로 돌려준다. 그럼 방과후강사들은 자신의 수입을 절반이나 빼앗기는데 왜 송출 회사에서 일을 할까? 그 이유는 방과후강사가 되고 싶어도 경력이 없으면 일을 시작하기 어렵기 때문이다. 그나마 교원자격증이 있으면 계약

하기 유리하지만, 방과후강사 경력과 교원자격증이 없는 사람이 방과후강사로 학교에 들어가는 것은 사실상 불가능에 가깝다.

송출 회사를 운영하는 사장들은 그 점을 노리고 각 학교 교장들에게 영업을 한다. 이후 업체 강사들은 형식적으로 면접을 보고 방과후강사 일을 시작하는 것이다. 이 말은 곧 송출 회사가 존재하는 것은 교장들과 업체 사장들과의 커넥션이 있을 수 있다는 말이다.

어느 경력단절 여성이 집에서 살림만 하다가 송출 회사가 꽂아준 학교에 출근한다. 오후에 몇 시간 일하고 돈을 버는 것도 감사한데 선생님이라 불리니, 얼마나 놀라운 일인가? 그럴 경우에는 자신의 임금이 절반이나 빼앗겨도 부당하다는 생각을 못한다. 오히려 업체 사장이 구세주처럼 느껴진다. 강사들 중에는 십 년이 넘도록 송출 강사만 하며 평생을 노예 계약에서 벗어나지 못 하는 경우가 더러 있다. 나에게 전화했던 강사처럼 어느 정도 경력이 쌓이고 자신의 처지를 제대로 인식하면서 과감하게 독립하는 경우도 종종 있다.

최근에는 교육청의 청렴도가 강조되고 김영란법이 시행되면서 불법 송출이 많이 감소했다. 그래서 송출회사는 합법적으로 민간위탁 회사를 만들어 운영하고 심지어 사회적 기업을 만들기도 한다. 나에게 전화를 한 강사가 소속된 업체도 문어발 형태로 회사를 만들어 방과후강사들을 관리하고 있었다. 문어발 형태라고 표현한 이유는 그 회사가 불법송출, 민간 위탁, 사회적 기업 등 여러 방식으로 운영하기 때문이다.

내가 왜 7년 동안 송출 업체에서 나오지 못 했냐고 물었더니, 강사는 업체와 천만 원짜리 약속어음을 쓰고 법무사에게 공증을 받았기 때문이라 했다. 업체가 제시한 항목을 지키지 않을 시, 강사는 업체에게 천만 원을 줘야 하는 약속어음의 법적 효력 때문이다. 경찰 정보과에 이 일을 문의해보니, 업체로부터 피해를 본 당사자가 직접 신고해야 수사할 수 있다는 답변을 들었다. 이런 일이 있을 때마다 당사자가 나서지 않으니, 송출이나 위탁 문제가 해결되지 않는 것이다. 내가 뒷조사하고 있다는 말을 들은 업체 사장은 제3자를 통해 나를 만나고 싶다는 말을 여러 번 전했다. 업체 사장을 만나봐야 스스로 합리화하고 뻔한 논리로 나를 설득하려할 것이 분명했기에, 나는 그들을 만나지 않았다. 그랬더니업체 사장은 이제 불법 송출은 하지 않겠다는 얘기를 나에게전했다.

그 업체는 강사를 관리하는 송출업이 점점 힘들어질 것이라고 판단하였다. 그래서 합법적으로 돈을 벌기 위해 몇 년 전에 사회적 기업을 만들어서 운영하고 있다. 내가 듣기로는 그 업체가 퇴직한 교장들을 위해 사무실을 만들어 주었다고 했다. 사회적 기업에서 어떤 일을 하는지 정확히 모르지만 국가로부터 지원금을 받아서 일자리를 창출한다. 다만 방과후강사의 인건비를 절반이나 착취하던 불법 업체가 사회적 기업을 만들었다고 갑자기 도덕적인 방법으로 운영할 거라는 믿음은 전혀 생기지 않는다.

방과후강사랑은 인사 안 터요

어떤 한 가지 일을 일반화할 수는 없지만, 너무 심한 일을 몇 번 겪게 되면 피해 의식이 생기기 마련이다. 방과후강사는 대체로 학교 교사나 교장, 교감 선생님에 대한 피해 의식이 많은 편이다. 왜냐하면 방과후수업을 몇 년씩 하다 보면 그들의 갑질을 적어도 한두 차례는 경험하기 때문이다.

경남에서 있었던 일이다. 어느 강사에게 전화가 왔다. 당시 교장이 올해 만족도 점수가 좋으면 내년에는 면접을 안 보고 계약 연장을 해 주겠다고 방과후강사들에게 약속을 했다. 그런데 학기 중에 교장이 바뀌었고, 새로 온 교장 선생님은 그 약속은 본인이 한 것이 아니므로 없던 일이 되었다고 한다. 모든 강사에게 다시 서류를 넣고 면접을 보라는 것이다.

이야기를 듣고 보니 재계약 불이행이 문제가 아니라 그 과정에서 교장의 언행이 더 문제였다. 그 교장은 장학사 출신으로 원래부터 방과후수업에 부정적인 시각을 가지고 있었다. 그러다 얼마 전에는 그 학교 방과후강사가 교장과 마주쳐서 인사를 했는데, 강사는 교장에게 이런 말을 들었다고 한다.

"나는 방과후강사와는 인사 안 틉니다."

그렇다면 그 학교 방과후강사들은 교장을 만나도 인사를 하지 말아야 한다. 그런데 만일 방과후강사들이 교장에게 인사를 하지 않았다면 그때는 또 어떤 일이 일어날지 어렵지 않게 짐작할 수 있다. 강사들이 교장에게 인사를 안 한다고 트집을 잡을 것이 불을 보듯 뻔한 사실이다. 이 일만 봐도 그 교장이 어떤 교육관을 가지고 강사들을 대하는지 알 수 있다.

또 한 번은 부산에서 일어난 일이다. 스승의 날을 며칠 앞두고 선생님에게 편지를 쓰는 시간이었다. 담임선생님은 반 아이들에게 자기가 좋아하고 존경하는 선생님에게 편지를 쓰라고 했다. 그 말을 들은 한 아이가 손을 들고 질문을 했다.

"선생님, 방과후선생님께 편지 써도 돼요? 저 공예 선생님께 편지 쓸래요."

그러자 담임선생님은 이렇게 대답했다.

"얘, 지훈아~ 방과후강사가 무슨 선생님이야. 이 학교 저 학교 다니는 보따리 장사지. 방과후강사한테 편지 쓰지 말고 다른 선생님에게 편지 써."

이 말을 들은 아이는 방과후강사님에게 이렇게 물었다고 한다.

"선생님, 우리 담임선생님 말처럼, 선생님은 정말 선생님이 아닌가요? 방과후선생님에게는 왜 편지 쓰면 안 되는 거예요?"

그 질문을 받은 선생님은 대답하기가 너무 난처했다고 한다. 바른말을 하면 담임의 행동이 문제가 있는 것으로 드러날 것이다. 그렇다고 담임 말이 옳다고 하려니, 그것도 올바른 대답은 아니다. 도대체 어떻게 대답해야 하는가.

마지막으로 김포에서 있었던 일이다. 바이올린 강사가 출근 시간에 주차를 하고 있었다. 남자 교사 두 명이 그 강사가 있는지도 모르고 주차장 쪽으로 손가락질하며 혀를 끌끌 차고 있었다. 손가락이 가리키는 곳을 보니 차 한 대가 삐딱하게 주차되어 있었다.

"저것 좀 봐. 차를 저런 식으로 주차해 놓으면 옆 공간에 다른 차가 주차를 못 하잖아. 저렇게 삐딱하게 주차한 건 아마 방과후강사년일거야."

이 말을 들은 강사는 자신의 귀를 의심했다. 설마 교사 입에서 저런 욕이 나올 줄이야. 그리고 퇴근 시간이 되었다.

차를 삐딱하게 주차한 사람은 방과후강사년이 아니라 그 학교 교사였다.

세상에는 인격적으로나 교육적으로나 훌륭한 선생님들이 많다. 앞서 말했듯 몇몇 사례로 일반화하긴 어렵지만, 한편으론 한두 명의 이러한 행동이 그 학교 선생님들의 이미지를 안 좋게 만들 수 있다. 무엇보다 소수의 행동은 상대적으로 약자인 방과후강사에게 고스란히 전달되며, 이들에게 트라우마로 남아 평생 마음을 아프게 한다.

특수학교의 열정 페이

　부산에는 현재 혜원, 솔빛, 한솔, 해마루, 구화, 혜송, 혜남, 배화, 두레, 한솔학교 등 특수학교가 대략 열 군데 있다. 특수학교도 일반 학교처럼 정규 수업 이후 방과후학교를 실시하고 있고, 이 수업은 국가 지원금으로 운영되고 있다. 그런데 일반 학교의 방과후수업 강사료의 경우 학부모가 부담하는 체계라 1인당 2만 5천 원 ~ 3만 원으로 책정되어 있으며, 하루에 최대 40명까지 가르칠 수 있다. 그러므로 일주일에 하루 근무하며 한 달에 네 번 수업하면 최대 한 학교에서 120만 원을 벌 수 있다. 그러나 특수학교는 수업을 듣는 학생 수가 아니라 시간당으로 책정되어 있다. 그 금액이 시간당 3만 원이다. 강사들이 한 학교에서 하루에 수업할 수 있는 최대 시간은 3시간 정도이며, 간혹 한 시간을 수업하는 경우도 있다. 그때 강사는 학교에서 한 달에 12만 원을 받는다.

　부산의 특수학교 방과후수업 강사료는 10년째 전혀 인상되지 않았다. 심지어 한 차시에 40분이었던 기준이 50분으로 늘어났음에도 강사료는 그대로다. 더욱이 일반 학생을 가르치는 것보다 장애아동을 지도하는 것은 더 많은 관심과 노력이 필요하다는 사실에 모든 사람이 공감할 것이다. 그럼에도 이런 귀하고 아름다운 노동에 전념하는 강사들에게 하루 한 시간 수업을 배정하는 것은 염치가 없는 일이 아닐까. 수업 시간 운영상 어쩔 수가 없다고 해도 다른 수업을 배당하여 하루에 기본 두 시간 보장은 해야 하는데, 그렇지 않은 경우를 종종 보기에 안타까운 마음이다.

특수학교는 방학 때 일부 과목만 특강을 하고, 기존 수업은 대부분 방과후수업을 운영하지 않는다. 그러므로 1년에 약 8개월 정도 수업하기 때문에 4개월은 사실상 수입이 없다. 무엇보다 3만 원으로 책정된 금액에서 10년째 변동이 없는 건 국가가 강사들에게 대가 없는 희생과 열정 페이를 강요하는 것과 다름없다. 교육청이 특수학교 방과후수업 강사료를 3만 원으로 규정한 것은 일반 강사료를 기준으로 책정했기 때문이라고 한다. 일반인을 가르치는 것과 특수장애인을 가르치는 노동을 같이 본다는 게 현 교육청의 관점이다.

내가 특수학교 방과후강사들의 강사료에 관심을 가지게 된 계기는 우연히 알게 된 어느 젊은 남자 강사님 때문이다. 그 강사님은 아이들도 잘 사용하지 않은 폴더폰을 사용하고 있었다. 내가 가끔 카톡으로 문자를 보냈는데 답이 안와서 나중에 물어봤더니, 카톡이 안 된다고 대답했다. 특수학교 강사로 일하면서 스마트폰을 사용하는 것이 부담스러워 월정액 만 원인 폴더폰을 사용한다고 했다.

그 강사님은 대학에서 음악을 전공했으며 방과후강사가 된 이후 아이들을 위해 마음을 다해 수업을 진행했다. 멀리 섬 지역까지 마다하지 않고 지하철을 타고 버스를 타고 배를 갈아타서 수업을 하기도 했다. 그럼에도 전문지식을 가지고 있는 이들에게 특수학교는 하루 한 시간 수업을 주기도 했고, 10년이 넘도록 강사료를 인상하지 않았다. 이런 고용조건에서 전 국민 누구나 들고 다니는 스마트폰이라도 그에겐 어찌 부담스럽지 않겠는가?

특수학교 수업 중 증상이 심한 경우가 있을 경우 이따금 방과후강사들에게 예기치 않는 상황이 발생하기도 한다. 특수학교 방과후강사라면 누구나 이런 일을 한두 번 경험한다. 일반인과는 달리 늘 신경을 곤두세워 아이들의 상태를 확인하고 그에 맞게 적절히 반응해야 한다. 그리고 교육적 성취감이 다소 낮더라도 최선을 다해 지도해야 한다. 의미 있는 일이지만, 결코 쉬운 일은 아니다.

특수학교 방과후강사의 강사료를 언급할 때, 돈을 생각

하면 절대로 하기 힘든 일이라고 다들 입을 모은다. 장애인에 대한 남다른 사랑과 관심 때문에 십 년째 강사료가 오르지 않는 상황에서도 간신히 버티고 있는 셈이다. 열악한 환경에서 고군분투하는 이들을 위해선, 우선은 이들의 노동이 제대로 대접받고 평가받을 수 있도록 환경을 개선하는 일일 것이다.

특별한 소명감을 가지고 일하는 특수학교의 방과후강사들이 강사료 때문에 이 일을 그만두지 않도록 교육청이 앞장서서 강사료에 대한 제대로 된 기준을 만들어주길 바란다. 그래야 그 강사님도 스마트폰을 사용할 수 있을 것이다. 나는 미소가 선한 그 강사님과 언젠가는 카톡으로 꼭 문자를 주고받고 싶다. 그리고 그들의 노동이 결코 돈으로 환산할 수 없는 아름다운 땀방울임에도 불구하고 홀대받는 사실을 세상에 알리고 싶다.

*노조의 요구로 부산교육청은 2021년부터 특수학교 강사들의 시간당 강사료를 3만 원에서 3만 5천 원으로 인상하였고, 수업 시간도 50분에서 40분으로 줄였다.

코로나보다 실직이 더 무서워요

코로나가 확산되기 시작한 3월부터 신문과 방송 인터뷰 요청이 노조를 통해 끊이지 않고 들어왔다. 계약서는 썼지만 실직 상태와 다름없는 방과후강사의 상황을 취재하겠다는 인터뷰 요청이 쇄도하였고, 어떤 날은 하루에 여섯 곳의 언론사와 인터뷰를 진행하기도 했다. 나는 1년 동안 언론을 통해 쉴 새 없이 방과후강사가 겪는 현실과 교육부의 무책임한 정책을 알렸다.

문재인 대통령은 국무회의 모두 발언을 하면서 여성 노동자 비율이 높은 방과후강사의 경제적 고통과 그에 따라 필요한 지원책 마련을 언급했다. 또한 코로나로 인한 돌봄과 교육 불평등을 해소하는 것도 중요한 과제라고 덧붙였다. 다만 정책을 담당하는 교육청은 여전히 수익자 부담이니 프리랜서 직종이니 가이드라인이니 운운하며 지원책에 대해 구체적으로 구상하거나 실행하지 않았다.

노조는 외부 용역으로 방과후강사에 대한 광범위한 실태 조사를 진행했다. 1,200여 명 강사의 월수입은 코로나 전에는 평균 216만 원이었는데 코로나 이후 13만 원으로 밝혀졌다. 실태 조사를 하면서 온라인이 아닌 오프라인으로, 강사들과 직접 대면하며 인터뷰를 진행한 적이 있다. 인터뷰를 시작하자마자 울음을 터뜨리는 강사를 위해 면담진행자는 한참을 기다려야 했다. 4명의 자녀를 키우고 있는 그 강사는 본인이 가장이라 했다. 진행자는 우선 고용노동부에서 지급한 특수형태 고용 프리랜서 지원금에 대해 질문했다.

"특고프리랜서 지원금을 받았을 텐데, 주로 어디에 사용했나요?"

"큰애가 곧 중학교에 가거든요. 키가 하루가 다르게 자라다 보니 발도 부쩍부쩍 커져서 운동화가 작아졌나 봐요. 어느 날 발가락을 구부리고 운동화를 신고 다니는 거예요. 그래서 지원금을 받자마자 큰아이 운동화부터 샀어요."

"요즘 수입이 거의 없을 텐데요, 어떤 경제적인 어려움을 겪고 있는지 구체적으로 말씀해주세요."

"아이들이 라면이 먹고 싶다고 하는데 수중에 돈이 한 푼도 없었어요. 할 수 없이 국수를 삶아 라면수프를 넣어서 아이들에게 먹였어요. 쌀이 떨어져서 이웃에게 쌀을 꾼 적도 있었어요. 그리고 어느 날은 막내가 다니는 어린이집에서 전

화가 왔어요. 고기가 나오는 날은 아이가 허겁지겁 체할 듯
이 고기만 먹는다고요. 혹시 집에 무슨 일이 있냐며 선생님
께서 조심스럽게 묻는 거예요. 차마 수입이 없다는 말은 못
하겠더라고요."

그리고 자폐아를 키우는 강사 한 분도 인터뷰에 참여했
다. 아이는 엄마의 꾸준한 관심과 치료로 건강 상태가 아주
좋아졌다. 내가 아이를 만났을 때도, 엄마가 자폐아라고 말
하지 않았다면 몰랐을 정도로 아이는 건강해 보였다. 그러나
치료가 중단되면 아이의 상태는 다시 나빠질 게 뻔했기에,
엄마는 아이의 치료비를 벌기 위해서 하루에 세 가지 아르바
이트를 했다. 새벽부터 밤늦게까지 학교 방역, 카드 돌리기
등의 일을 하느라 하루에 3시간밖에 잠을 잘 수 없다고 했다.

그날 세 명의 강사와 인터뷰했는데, 코로나로 실직 아닌
실직 상태에 놓인 강사들의 어려움이 예상보다 훨씬 심각하
다는 것을 체감할 수 있었다. 그날 밤, 강사들의 절절한 사연
하나하나에 마음이 아파서 나 역시 잠을 통 이루지 못했다.

추석이 되었다. 여느 때 같으면 풍성하고 활기가 넘치
겠지만, 코로나의 여파로 명절 분위기를 전혀 느낄 수 없었
고 대신 울적함만 가득했다. 나는 네 아이의 엄마인 그 강사
에게 돼지고기를 넉넉하게 보내주었다. 며칠 뒤에 강사는 환

하게 웃으며 고기 먹는 가족사진을 문자로 보내왔다.

"국민의 삶을 지키는 든든한 정부로서, 코로나로 인해 더 큰 어려움을 겪고 있는 국민들을 따뜻한 마음으로 세심하게 살펴주기 바랍니다."

대통령의 이 말을 나도 모르게 자꾸만 되뇌게 된다.

복도를 서성이는 유령

방과후수업은 학교 정규 수업이 끝나고 이루어진다. 방과후강사는 수업 시작 최소 30분이나 한 시간 전에는 학교에 도착해야 한다. 학교와 맺은 계약서에는 수업 시작 20분 전에 도착해야 한다고 명시되어 있다.

학생 수가 많지 않은 학교는 방과후수업 교실이 따로 있어서 강사가 편하게 교실을 이용할 수 있다. 그리고 도시권 대부분의 학교는 미술실, 과학실, 음악실 등 특별 교실을 사용한다. 이런 경우도 수업을 하는 데 큰 어려움이 없다. 특별 교실 비품을 아이들이 만지지 않도록 신경 쓰거나 수업을 마친 후 교실을 깨끗이 청소하면 된다. 가장 어려운 건 일반 교실을 사용하는 경우다.

보통 1학년과 2학년 교실을 사용하는데, 정규 수업을 마치고 반 아이들이 교실에서 다 나갈 때까지 방과후강사와 그 수업을 듣는 아이들은 복도에서 무작정 기다려야 한다. 방과후강사들이 쉬거나 대기할 수 있는 공간이 있는 학교는 거의 없다. 설사 그런 공간이 있어도 수업이 시작되기 전까지 강사는 아이들의 안전을 위해서 교실이나 복도에서 아이들을 관리해야 한다.

대부분의 담임은 방과후수업이 원활하게 진행될 수 있도록 제때 맞춰 교실을 잘 비워준다. 그러나 방과후수업이 진행되고 있음에도 본인 책상에 앉아서 끝까지 자기 일을 하는 교사들도 간혹 있다. 심지어 큰 소리로 전화하고 동료 교사와 잡담을 하는 경우도 흔하다. 이렇게 담임이 교실을 비워주지 않을 경우, 방과후강사는 1년 내내 공개수업을 하는 기분으로 불편함을 감수해야만 한다.

방과후강사에게 가장 어려운 점은 담임이 교실을 비워줄 때까지 복도에서 서성거리며 기다리는 시간이다. 담임과 눈이라도 마주치면 마치 교실을 빨리 비워달라며 부담을 주는 것 같아 미안한 마음이 든다. 복도에서 마주치는 교직원과 인사를 나누는 경우도 있지만, 서로가 서먹해서 그냥 슬쩍 피해 가는 일도 많다. 마치 자신의 존재를 알리고 싶지 않은, 복도를 서성이는 유령이 된 기분이다.

유령이라는 말에 많은 의미가 내포되어 있다. 눈에 띄지 않는다는 의미도 있지만, 방과후강사는 특수고용직 또는 프리랜서 직군이라 노동자로서의 법적인 신분 보장을 못 받는다는 의미도 있다. 학교에서 수업을 하다가 다쳐도 산재 처리가 되지 않고, 십 년 이상 근무하다 그만둬도 실업 급여가 한 푼도 없다. 이런 말을 하면 교사들은 방과후강사에게 득달같이 몰려와, 교원자격증을 따지 않았고 임용고시도 보지 않았는데 그런 대우는 당연하다는 이야기를 한다. 그 말이 틀린 말은 아니지만 그렇다고 방과후강사의 열악한 근무 조건과 환경이 정당화될 수 있는 건 아니다. 같은 공간에서 일하는 교사조차 방과후강사를 유령 취급하는데, 다른 직군의 사람들이 방과후강사의 어려움을 이해하기란 무척 어려운 일이 아닐까 싶다.

침울해진 상태로 복도를 서성거리다가도, 아이들이 몰려와 참새처럼 재잘거리는 소리에 문득 나는 정신이 든다.

"선생님, 오늘은 뭐 배워요?"

"선생님, 수업 언제 시작해요?"

"오늘 선생님 옷 예뻐요."

그럴 때마다 나는 유령에서 깨어나 방과후강사, 아니 방과후선생님으로 다시금 돌아온다. 아이들과 신나게 수업하는 일상으로 돌아가면 나는 유령이 아니라 생생하게 살아있는 교육노동자가 되어 아이들에게 꿈과 미래를 심어준다.

자격증이 몇 개예요?

교원자격증이 있거나 교사 경험이 있으면 방과후강사가 되는 데 별 어려움이 없다. 그러나 이미 그런 자격증을 취득할 기회를 놓친 경우는 강사들이 각자 가르치는 과목과 관련한 자격증을 꼭 가지고 있어야 한다. 대부분의 방과후강사는 관련 과목 자격증뿐만 아니라 좀 더 다양한 자격증을 따기 위해 틈틈이 공부하거나 연수를 받는다.

나 역시 10개 이상의 자격증을 가지고 있다. 기본적으로 독서논술 지도사와 역사 지도사, NIE 지도사, 역사 북아트 지도사, 청소년 진로 상담사 등이 있다. 한 가지 자격증을 따기 위해서는 최소 3개월에서 1년 정도의 시간이 걸린다. 수강료도 백만 원 가까이 드는 경우도 허다하다. 시간과 노력, 비용 모두 만만치 않은 셈이다.

몇 년 전 나는 청소년 진로 상담사 자격증을 따기 위해 겨울 방학 동안 수련원에 4박 5일 들어간 적이 있다. 연수 일정이 얼마나 빡빡한지 온종일 앉아있는 것 자체가 고역이었다. 4박 5일 동안 꼼짝없이 교육에 집중해야만 했다. 다행히 마지막 시험 날, 나는 실기와 필기시험에 간신히 통과할 수 있었다. 사실상 학교에서 독서와 논술을 가르치는 것과 청소년 진로 지도사는 직접적인 연관이 없다. 그러함에도 면접을 볼 때 다른 강사들이 없는 자격증이 있어야 유리하기 때문에 일단 자격증부터 따고 보는 것이다.

역사 북아트 지도사 자격증의 경우 남들과 조금 다른 과정을 거쳐 취득하게 되었다. 나는 역사를 좀 더 재미있고 입체적으로 가르치기 위해 북아트를 활용하기로 했다. 한양도성, 도자기의 역사, 탑 이야기, 경복궁 등 방학 때마다 아이들과 북아트를 만들었는데, 아이들이 역사적인 건축물을 하나하나 만드는 과정을 통해서 커다란 성취감을 느끼곤 했다.

나는 북아트를 배울 때, 정식 과정을 밟지 않고, 필요할 때마다 작품 하나하나를 따로 배웠다. 그러다 이왕이면 자격증도 따고 나머지 작품도 다 배워야겠다고 다짐했다. 다만 정식으로 자격증을 따려면 꼬박 6개월 동안 왕복 4시간을 운전해서 교육장으로 가야 했다. 나는 학교 수업도 있고 노동조합 일도 많아서 도무지 자격증 공부를 할 시간이 없었다. 고민 끝에 북아트를 지도하는 선생님을 며칠 동안 우리 집으로 모시기로 했다. 우리는 이른 아침부터 밤늦게까지 종이를 자르고 풀을 붙이고 깨알같이 글자를 새겨 넣었다. 점심과 저녁을 우리 집에서 함께 먹으며 온종일 북아트를 배웠다. 그렇게 북아트를 하루 10시간 이상 만들다 보면 눈알이 빠질 듯 아팠고 팔다리도 쑤셨다. 내가 끓여준 냉이 수제비가 너무 맛있다며 극찬을 해주던 선생님은 내가 자격증을 딸 수 있도록 최선을 다해 지도해 주었다. 그런 수고로움을 이겨내며 6개월이 소모되는 북아트 교육 이수 과정을 무려 3, 4일 만에 무사히 끝낼 수 있었다. 물론 이전에 단품으로 배웠던 작품들은 따로 배우지 않고 통과했기에 가능한 일이었다.

자격증에 대한 믿기지 않은 일이 있다. 대학에서 미술을 전공한 어느 강사님은 자격증이 없다는 이유 하나로 면접에서 몇 번이나 탈락했다. 더군다나 그 강사님은 미술 관련 대학을 두 곳이나 졸업했다. 미술과 같은 전문 과목은 학교 전공 자체가 자격증이나 다름없는데 구태여 자격증을 요구하는 학교가 있다. 그해 그 강사는 모든 학교에서 면접을 통과하지 못 하고 본인 의사와는 상관없이 1년을 휴직하면서 도자기 지도사, 클레이 지도사, 종이접기 지도사, pop 지도사, 가죽공예 지도사 등 열 가지 정도의 자격증을 취득했다고 한다.

자격증을 위해 열심히 노력하고 도전하는 경험은 사실

방과후강사에게 그리 특별한 일은 아니다. 대부분의 강사는 자신의 수업을 좀 더 알차고 의미 있게 만들기 위해 시간과 돈을 투자한다. 강사들이 그렇게 노력해야만 아이들에게 더 재미있고 유용한 수업을 제공해줄 수 있기 때문이다. 더 나아가 대학에 진학하거나 교육대학원에 진학하는 강사도 주변에서 흔하게 볼 수 있다. 지인 강사 중에는 오십이 훨씬 넘은 나이에도 대학원을 다니는 경우가 있다. 자기계발이 되었든 면접 때문이든, 나이에 상관없이 평생 교육을 실천하는 방과후강사들이 더 없이 자랑스럽다.

방과후강사는 봉이 아니다

방과후학교 강사들로부터 뇌물을 수수한 혐의로 직위 해제된 초등학교 교장이 스스로 목숨을 끊었다. 서울 강서경찰서에 따르면 20일 오전 7시 30분쯤 강서구 등촌동의 한 고등학교 지하주차장에서 경기 부천시의 모 초등학교 교장 한 모 씨(62)가 목을 매 숨진 채로 발견됐다. 현장에서 발견된 유서에는 "힘들다"는 내용이 담겨 있었다.

경찰은 한 씨가 주말 아침 집 근처의 인적이 뜸한 고등학교 지하주차장에서 스스로 목숨을 끊은 것으로 보고 사건을 종결 처리했다고 밝혔다. 경찰 관계자는 "한 씨가 집을 나서면서 가족들에게 '쉬고 싶다'는 식으로 이야기를 했다"며 "사체를 확인한 결과 타살 흔적이 없어 자살한 것으로 추정된다"고 말했다.

한 씨는 지난해 방과후학교 강사들로부터 수백만 원을 받

은 정황이 드러나 직위해제된 것으로 전해졌다. 교육청 관
계자는 "한 씨는 방과후학교 강사들로부터 전기세 등의 명
목으로 금품을 받은 정황이 드러나 지난달 25일 직위 해제
돼 징계위원회에 회부된 상태였다"고 말했다.

2010년 2월 21일 자 신문에 난 기사다. 나는 실제로
기사에 나온 교장에게 돈을 요구받은 강사를 만나 사건의 전
말을 자세히 들을 수 있었다. 교장 선생님은 다른 학교로 전
근을 가면서 이전 학교의 방과후강사들에게 새로 가는 학교
로 채용시켜준다는 명목으로 한 사람당 백만 원 이상의 금품
을 요구했다고 한다. 내가 만난 강사는 교장 요구에 응하지
않았다고 했다. 그 후 전근을 간 학교에서 교장과 전교조 선
생님들 사이에 갈등이 생겨 조사를 받았는데, 오히려 교장이
방과후강사들에게 금품을 받은 것이 더 문제가 된 것이다.
이 사건 때문에 많은 방과후강사가 경찰에 가서 조사를 받았
다. 내가 만난 강사님은 그 당시 금품을 주진 않았지만 경찰
조사를 받느라 마음고생이 많았다고 했다.

이 사건은 무려 10년 전에 일어난 일이다. 당시엔 명절
마다 방과후강사들에게 돈을 거둬서 교장에게 상품권이나
현금을 주는 일은 흔했다. 심한 경우, 방과후강사의 첫 강사
료를 교장에게 그대로 입금했다는 이야기도 있었다. 지금은

김영란법을 비롯해 청렴도를 강조하는 분위기라 이런 식의 갑질은 드물다. 그럼에도 몇몇 지역에서는 교장이 방과후강사에게 이런저런 이유로 금품을 요구하는 일이 여전히 많다고 한다.

코로나19로 방과후수업이 거의 운영되지 않았던 지난 2020년에 있었던 일이다. 노조 간부들이 소통하는 SNS에 글이 올라왔다. 전라남도 어느 학교 교장이 자녀 결혼식이라며 교장의 은행 통장 계좌를 방과후강사들에게 알렸다. 그 학교 방과후강사들은 울며 겨자 먹기로 교장 계좌에 축의금을 입금했다. 그 학교에 노조 조합원은 아무도 없었지만, 코로나19 때문에 수입도 거의 없는 방과후강사들에게 축의금을 요구하는 교장의 행태가 너무 화가 나서 그대로 두고 볼 수 없었다. 나는 당장 교장이 방과후강사들에게 축의금을 요구하게 된 경위에 대한 답변을 요구하는 공문을 그 학교로 보냈다. 그랬더니 하루 만에 교장에게 전화가 왔다. 교장은 그날 방과후강사들에게 받은 축의금을 도로 입금했다고 말했다. 교장은 자신이 지시한 게 아니라 실무진이 한 거 같다고 변명을 늘어놓으며, 앞으로 이런 일이 없도록 주의하겠다고 나에게 통사정을 했다.

코로나19로 전국의 방과후강사가 어려운 처지에 있기

에, 이번 일은 언론에 보도해야 할 사안이라고 나는 일침을 가했다. 교장은 거듭 잘못했다고 사과했지만, 내 마음은 편하지 않았다. 그런데 더 속상한 것은 그 학교 강사들의 반응이었다. 나는 혹여 그 일을 빌미로 방과후강사들에게 불이익을 주면 그냥 있지 않겠다고 교장에게 말한 터였다. 그럼에도 강사들은 왜 자기들에게 물어보지도 않고 노조에 그 사실을 알렸냐고 화를 냈다는 것이다. 강사들은 자신들이 겪은 부당함에 대해 저항할 의지가 없어 보였다. 오히려 이 사실을 노조가 알고 개입한 것에 대해 불만을 표하고 있었다. 물론 먹고사는 문제가 걸려있기에 이해되는 부분도 있었지만, 이렇게 대응하면 방과후강사들은 결코 교장의 갑질에서 벗어날 수 없을 거란 생각이 들었다. 스스로의 권리를 포기하는 일은 갑질하는 교장의 행위보다 더 부끄러운 일이라는 것을, 방과후강사들이 꼭 기억했으면 좋겠다.

chapter 3

사유서 제출하고 장례식 가세요

- 댄스 선생님, 사정은 딱하지만 제가 교장 선생님께 휴강 결재를 받아야 하거든요. 오늘 학교에 나와서 사유서부터 쓰시기 바랍니다.

- 부장 선생님, 제가 형제도 없고 친척도 없어서 어머니 곁을 지켜야 합니다. 장례 마치는 대로 사유서 제출하면 안 될까요?

- 안 됩니다. 오늘 꼭 사유서 제출하고 휴강하십시오.

가을날의 연주회

대다수의 방과후강사는 수익자 부담의 수업을 선호한다. 같은 시간을 일해도 본인의 능력만큼 수입을 얻을 수 있기 때문이다. 앞서 여러 번 언급했듯 도시 지역 학교의 방과후수업은 수익자 부담으로 운영되고, 농산어촌 지역의 학교는 교육청 부담으로 운영되고 있다.

연이 선생님은 경기도 이천에서 플루트, 오카리나를 20년 이상 가르쳐 왔다. 한 시간 강사료는 아이들 인원에 상관없이 3만 원이며 수업을 많이 하면 하루에 4시간, 적게 하면 2시간이다. 연이 선생님은 농어촌 지역의 학교 또는 도시의 작은 학교에서 수업하는 걸 좋아했다. 적은 인원의 아이들과 수업을 하다 보면 정서나 감정을 충분히 교감할 수 있기 때문이다. 무엇보다 방과후수업을 하다 보면 아이들의 순박하고 순수한 일상을 함께 공유할 수 있어서 뿌듯하고 좋다고 했다.

농어촌 지역 아이들은 집에서 모내기를 한다든지 추수를 한다든지 시시콜콜한 이야기를 연이 선생님에게 늘 종달새처럼 들려준다.

"오카리나 쌤, 어제 우리 집 흰둥이가 새끼를 7마리나 낳았어요."

"선생님, 참깨 털어봤어요? 깨 터는 소리가 타다닥타다닥 하는데, 진짜 신기해요."

"콤바인으로 타작을 했는데요. 비가 와서 벼를 못 말린다고 울 할아부지가 걱정했어요."

드넓은 들녘에 황금 물결이 일렁이는 가을. 모든 것이 풍요롭고 넉넉한 계절이 되면 문화 예술의 향연도 넘쳐난다. 방과후학교도 가을이면 어김없이 공연을 발표한다. 어느 해 가을, 연이 선생님은 자신이 지도하는 아이들이 교육청 주관의 예술제에 나가기로 했다는 연락을 받았다. 교육청 예술제는 서양 악기로 오케스트라를 연주하거나 국악 악기인 사물놀이로 연주하는 경우가 대부분이다. 그렇기에 오카리나로 예술제에 나간다는 것은 가르치는 사람 입장에서는 너무 큰 부담이었다. 오카리나는 서양 악기도 국악 악기도 아니기 때문이다. 그런 열악한 상황에서도 부장 선생님의 적극적인 권유로 연이 선생님은 아이들을 데리고 피나는 연습을 했다.

전교생이 50명도 안 되는 학교, 그것도 수준이 제각각인 전교생을 상대로 오케스트라 못지않은 연주회를 진행해야 하는 상황이었다. 연이 선생님은 온갖 새로운 방식을 접목하여 오카리나 악기로 오케스트라 효과를 낼 수 있는 방법을 하나둘 찾아 나갔다. 예술제의 날짜가 가까워질수록 아이들도 연이 선생님도 몸과 마음이 분주해졌다.

예술제 당일, 연이 선생님은 꼭두새벽에 학교로 출근했다. 한 시간이라도 더 연습해서 오카리나 음률의 풍성하고 아름다운 조화를 선보이고 싶었다. 그런 노력 덕분일까, 아이들은 예술제에서 기대 이상의 연주를 보여주었다. 그날 아이들은 은상을 받았다. 상상도 할 수 없는 일이었다. 자그마한 도자기 악기가 바이올린, 비올라, 첼로 등 고가의 악기를 이긴 것이다. 학교에 플래카드가 걸렸고, 아이들의 뿌듯함은 이루 말할 수가 없었다. 연이 선생님은 자신을 믿고 따라준 아이들이 그 누구보다 자랑스러웠다.

예술제 연주회 무대에 선 지 일주일이 지나자 교장 선생님을 비롯해 학교의 모든 선생님 앞에서 공연을 해달라는 요청이 들어왔다. 연이 선생님은 다시금 아이들과 함께 열심히 연습을 했다. 연이 선생님에겐 예술제보다 더 떨리는 자리였다. 큰 강당도 없어서, 공연은 작은 교실에서 진행했다.

교장 선생님이 가운데 자리 잡고 있었다. 연이 선생님은 기필코 교장 선생님을 만족시켜야 한다는 절박함을 느꼈다. 방과후수업이 연장될 수 있는지 없는지가 결정되는 자리처럼 느껴졌기 때문이다. 아이들 숨소리까지 크게 들릴 정도의 긴장감이 맴돌았다. 아이들도 오카리나 수업을 계속 듣고 싶었기 때문에, 잘해야 한다는 부담감을 가지고 있는 듯했다. 아이들은 공손하게 청중들에게 인사를 한 후 본격적으로 공연을 시작했다. 연주회는 성공적이었다. 함께 참여한 운영위원들은 작은 시골 학교에서 결코 볼 수 없는 값진 연주회였다며, 하나같이 아이들을 칭찬했다.

　　연이 선생님은 그날 집에 돌아와서 공연을 위해 투자한 자신의 노동 시간을 계산해 보았다. 예술제 연주회든 학교에서 진행한 작은 공연이든 자신이 투자했던 시간은 학교에서 알아주지 않았다. 그럼에도 학교에서는 놀라운 성과라며 플래카드를 걸고 여기저기 홍보했다. 나는 재주를 부린 곰인 걸까, 문득 스스로의 모습이 초라하게 느껴졌다. 그러다 아이들이 만족했으면 됐다는 생각에, 연이 선생님은 애써 마음을 다독이며 다음 수업에 연주할 악보를 열심히 고르고 있었다.

행정실장의 갑질

유미 선생님은 요리를 가르치는 방과후강사다. 요리는 다른 방과후수업 과목에 비해 시간과 노력이 훨씬 많이 요구되는 과목이다. 요리 수업을 하기 위해서는 전날 가장 신선한 요리 재료를 사야 한다. 구입한 재료를 다듬고 씻어서 다음 날 수업을 원활하게 진행할 수 있도록 아이들 숫자에 맞게 일일이 소분하는 것도 손이 많이 가는 과정이다. 요리 수업에 참여하는 아이는 40명이다.

세상에는 많은 종류의 요리가 있지만, 아이들과 할 수 있는 요리는 매우 한정적이다. 불을 많이 사용해도 안 되고 칼질도 필요 없어야 한다. 불을 사용하더라도 버너가 아닌 오븐을 주로 사용한다. 칼질이 필요할 때는 위험하지 않은 빵 칼을 주로 사용한다.

유미 선생님은 수업 시간에 생크림 케이크, 궁중떡볶이, 감자바게트, 밥버거, 월남쌈, 오색 초밥, 붉은 자장면, 버섯 피자, 또띠아, 쿠키, 설기떡 등 다양한 요리를 가르쳤다.

수업을 진행할 땐 한 번도 같은 요리를 한 적이 없을 정도로, 유미 선생님의 열정은 넘쳤다.

유미 선생님은 결혼하기 전 호텔에서 쉐프로 일했다. 그러다 방과후강사라는 직업에 대해 알게 되었고, 그렇게 요리 수업을 시작한 지 벌써 8년이 되었다. 요리 수업은 언제나 인기가 많았고 유미 선생님도 아이들과 요리하는 시간을 즐거워했다.

조막 같은 손으로 파를 썰고, 초밥을 만드는 아이들의 표정은 얼마나 진지한지 모른다. 소보로 빵을 만드는 아이들의 표정에는 학원가는 스트레스도 시험 걱정도 결코 머물지 않는다. 요리 수업 때문에 떡을 좋아하게 되었다는 아이, 버섯이나 당근이 얼마나 맛있는 식자재인지 이제야 알게 되었다는 아이. 그런 아이들을 보는 유미 선생님은 그 시간이 가장 행복하고 살아있음을 느낄 수 있는 순간이다.

저학년과 고학년 수업을 각각 마치면 오후 4시가 넘는다. 그 시간이면 누구나 출출할 때다. 인정과 배려심이 넘치는 유미 선생님은 고학년 수업 때는 요리의 양을 넉넉하게 만든다. 그렇게 만든 요리는 곧장 교무실과 행정실로 가져가곤 했다. 특히 그 학교의 행정실장은 유미 선생님의 요리를 좋아했다. 행정실장은 가끔 요리 수업 시간이 되면 복도에서 유미 선생님을 슬쩍 보고 가기도 했다. 오늘은 어떤 메뉴가 오후 간식으로 나오는지 궁금했기 때문이다. 다만 교무실에서는 요리 선생님이 힘들 거라며 몇 번이나 음식을 가지고 오지 말라고 했다.

그날도 유미 선생님은 수업 준비로 한창 바빴다. 학교 단톡방에서 공지 알림이 떴다. 유미 선생님은 무심코 공지를 읽다가 깜짝 놀랐다. 앞으로 방과후수업에 필요한 모든 교재나 교구는 행정실을 통해 구입해야 한다는 내용이었다. 보통 방과후강사가 사용하는 교재는 행정실에서 출판사와 직접 연락해 구입하는 편이다. 교구는 과목에 따라 그 종류도 많고 복잡하다. 예를 들어 유미 선생님처럼 요리 수업은 당일 필요한 식재료가 10가지 이상 필요했다. 과학 실험도 각종 화학 약품, 전문 도구는 물론 소소하게 고무줄이나 일회용 장갑 등 종류가 얼마나 다양하고 많은지 모른다. 이 모든 것을 행정실을 통해 구매하는 것은 현실적으로 불가능했다.

유미 선생님은 갑자기 바뀐 재료 구입 방식이 이해가 되지 않았다. 학기 초라면 몰라도 학기 중에 갑자기 바뀌는 경우는 거의 없었다. 나중에 행정실무사가 그 이유를 귀띔해 주었다. 행정실장이 갑자기 화를 내며 방과후수업에 필요한 교구와 재료를 행정실을 통해 구입하라고 지시했다는 것이다. 행정실장이 왜 화가 났는지 유미 선생님이 묻자 행정실 무사는 이렇게 대답했다.

"요리 선생님께서 한 달 전부터 행정실에 음식을 안 주셨다고 하던데요."

"그게 아니고요. 한 번은 식재료가 부족해서 못 드렸고요. 지난주는 공개 수업이라 경황이 없었어요. 그리고 지지난 주는 게살 수프를 갖다 드렸더니 게 알레르기가 있다고 못 드신다고 했어요."

그제야 유미 선생님은 모든 정황을 파악했다. 행정실장은 이런저런 이유로 한 달가량 자신의 요리를 먹지 못했고, 화가 나서 재료 구입 방식을 바꿔버린 것이다.

다행이랄까, 행정실장은 자신의 지시가 얼마나 비현실적인지 곧바로 깨달았다. 그는 모든 교구와 재료를 행정실에서 구입하면 본인의 일이 많아진다는 걸 고작 일주일 만에 깨닫게 된 것이다. 결국 재료 구입 방식은 원래대로 원상 복구 되었다. 이번 사태를 겪은 후 유미 선생님은 어떤 일이 있어도 행정실장에게 요리를 가져다주는 일을 잊지 않았다.

방과후강사들이 학교나 담당 교사에게 갑질을 당하는 일은 다반사이다. 그러나 때로는 이처럼 방과후수업과는 크게 관련이 없는 학교 종사자에게 갑질을 당하는 경우도 종종 있다. 행정실장의 행동은 개인 인격이 부족하거나 직업관의 문제일 수도 있다. 단지 행정실장의 행동이 자신은 정규직이고 방과후강사들은 비정규직이라 이런 부당한 일을 해도 상관없다고 여기지 않았으면 좋겠다.

목숨 걸고 달린다

남편이 시간 맞추어 교실에 들어왔다. 낯선 아저씨가 교실에 들어서니 아이들의 호기심 어린 눈빛은 일제히 문 쪽으로 향한다. 다행히 고학년 반은 아이들이 많지 않아 남편에게 수업 마무리를 맡겨도 크게 걱정이 안 되었다. 역사 이론 수업을 끝내고 문화재 조립 수업만 지도하면 되는 상황이었다. 나는 수업을 마치고 뒷정리와 청소를 깔끔하게 해야 한다며 남편에게 몇 번이고 신신당부했다. 이 순간 남편이 직장인이 아닌 자영업자라 시간이 자유롭다는 사실이 천만다행으로 느껴졌다.

방과후학교 면접을 보는 철이 다가왔다. 오늘만 해도 면접을 두 곳이나 봐야 하는 상황이었다. 대부분의 학교는 방과후수업과 면접을 같은 시간대에 배치한다. 방과후수업이 없는 오전 시간에 면접을 보면 좋을 텐데, 면접관으로 나오는 교사의 본인 수업 때문에, 많은 수의 방과후강사가 자신의 방과후수업을 포기하거나 면접을 포기해야 하는 현실이다.

그나마 요즘은 과목에 따라 시간대를 끊어서 면접 시간을 미리 알려주는 곳이 많아졌다. 그 덕분에 많은 강사가 기다리는 시간을 줄일 수 있었다. 하지만 얼마 전까지는 각 과목 강사 모두를 동일한 시간에 오게 했다. 그러다 보니 자기 차례가 될 때까지 서너 시간을 기다려야 하는 경우가 허다했다. 어떤 날은 오후 2시에 면접 보러 갔다가 밤 8시에 돌아온 적도 있었다.

나는 코디 선생님께 오늘 면접이 두 곳이 있다고 사실을 그대로 말하며 사정했다. 코디 선생님은 고학년 수업 종료 30분 전에 남편이 대체 강사로 수업을 마무리해도 된다며 허락해 주었다. 물론 학교에는 알리지 않고 코디 선생님에게만 양해를 구한 일이었다. 이처럼 방과후강사의 입장을 잘 이해하고 도와주는 코디나 실무사도 있지만, 원칙대로 처리하는 경우에는 면접을 포기해야 한다.

나는 서둘러 교실을 빠져나와 주차장으로 걸어갔다. 4시가 채 되지 않았는데 바깥은 어둠이 살짝 내려앉았고, 겨울의 시작을 알리는 서늘한 바람이 가로수를 이리저리 흔들고 있었다. 진눈깨비가 히득히득 날리는 자유로에서 시속

140km를 밟으며 내달렸다. 나는 평소 고속도로에서도 시속 100km 이상 밟지 않는 편이다. 공황장애 때문에 속도가 빨라지면 신경이 예민해져서 심장이 불안정하게 펌프질하기 때문이었다. 그럼에도 면접에 늦어선 안 된다는 생각에 나는 심장의 요동질을 억누르고 액셀을 밟고 달렸다.

오로지 앞만 주시하며 운전했다. 운전 중에도 여러 가지 생각들이 뒤엉켰다. 남편은 수업을 잘 마무리했을까? 학교에서 알면 안 될 텐데... 면접 준비물은 하나도 빠짐없이 챙겼겠지? 20분 안에 면접 보는 학교에 도착할 수 있을까? 오늘 면접관들은 어떤 질문을 할까? 첫 번째 학교의 면접을 제시간에 봐야 두 번째 학교 면접을 늦지 않게 볼 수 있을 텐데... 늦을 수도 있다고 담당자에게 미리 전화를 해둘까? 여러 생각이 우후죽순으로 나의 뇌 바깥으로 뻗쳐 나왔고, 액셀을 밟은 다리는 여전히 힘이 많이 들어가 있었다.

20분 만에 김포에서 고양으로 달려왔다. 면접 보는 학교의 주차장이 차로 꽉 차 있으면 그것도 낭패다. 다음 학교로 곧장 이동하기 위해선 차 빼기 좋은 곳에 주차해야 하기 때문이다. 나는 가쁜 숨을 몰아쉬며 학교 건물로 들어섰다. 몸을 낮추고 교실에 들어가 습관적으로 강사들 얼굴을 한번씩 둘러봤다. 면접 대기장은 내가 사는 지역이라 대부분은 아는 얼굴들이 많은데, 요즘은 멀리 서울이나 인천, 부천 등에서도 강사들이 면접을 보러 오기 때문에 점점 모르는 강사들이 많아지고 있다. 열댓 명의 강사들이 조용히 앉아서 자기 차례를 기다리고 있었다. 오늘 면접의 경쟁자는 누구인지 고개를 돌려 확인을 한다. 대부분은 일면식이 있는 강사들이다. 그들은 오늘 수업을 어떻게 하고 면접을 보러 왔을까?

해마다 보는 면접. 학교에서 수업과 면접 시간을 조절해 주지 않아도 강사들은 나처럼 어떤 방법을 찾더라도 면접을 포기하지 않는다. 오늘처럼 목숨을 걸고 달려서라도. 방과후강사에게 일 년에 딱 한 번 주어지는 소중한 기회이기 때문이다.

출산사직서, 제가 대신 썼어요

선영 선생님은 결혼하기 전부터 방과후학교에서 독서 논술을 가르쳤다. 누구보다 열정과 에너지가 넘쳐서 항상 수업 대기자가 있을 정도로 아이들에게 인기가 많았다. 수업 교재도 시중에 판매되는 출판물을 사용하지 않았고 대부분 본인이 직접 만들어 수업을 준비했다. 봄에는 산에서 고운 진달래를 따와 아이들과 함께 화전을 부쳐 먹으며 글을 쓰곤 했고, 여름에는 각종 과일을 나눠 먹으면서 아이들에게 그 날의 경험을 글로 표현하게 했다. 가을에는 교정 곳곳에 뒹구는 은행잎과 단풍잎을 주워서 시 쓰는 수업을 진행했다. 그렇게 아이들과 세월을 보내다 보니 선영 선생님은 어느새 30대를 훌쩍 넘겨 버렸다.

선영 선생님은 비교적 늦은 나이에 결혼했다. 그리고 결혼 후 1년 만에 아기를 가졌다. 남편은 그 누구보다 기뻐했고, 선영 선생님 본인도 엄마가 된다는 사실에 기뻐하며 하루하루를 감사한 마음으로 보냈다. 한편으론 수업에도 최선을 다했다. 선영 선생님은 몸이 비교적 날씬한 편이라 임신 6 개월이 지나도 주변에서 임신한 사실을 눈치채지 못했다. 선생님은 임신한 사실을 애써 숨기지는 않았지만, 남들이 묻기 전에 본인 입으로 말하지도 않았다. 그러다 임신 7개월로 접어들자 원피스와 같은 편한 옷차림을 하고 출근했다.

날씨가 본격적으로 더워지기 시작한 6월이었다. 선영 선생님은 출석부를 가지러 교무실에 들어갔는데, 마침 방과 후 부장 선생님과 마주치게 되었다. 부장 선생님도 선영 선생님처럼 갓 결혼한 새댁이었다. 그런 공통점 때문인지 평소에도 편하게 지내는 사이라 선영 신생님은 먼저 반갑게 인사했다.

"부장 선생님, 오랜만에 뵙겠습니다. 날씨가 많이 더워졌네요."

"예, 독서논술 선생님도 잘 계셨죠? 저... 그런데 선생님, 혹시 임신하였어요?"

부장 선생님은 의아하다는 듯한 표정으로 머뭇거리며 질문했다.

"네, 이제 7개월 되었어요..."

"아? 네..."

"......"

선영 선생님의 대답에 얼마나 놀랐는지, 부장 선생님의 두 눈이 휘둥그레졌다. 자연스레 선영 선생님도 예상치 못한 부장 선생님의 반응에 무척 놀랐다.

이럴 경우, 대체로 임신을 축하한다는 덕담을 주고받는 게 일반적이다. 다만 부장 선생님의 반응이 너무도 뜻밖이라 선영 선생님은 더 이상 말을 이을 수가 없었다. 잠시 침묵이 흐른 뒤 부장 선생님은 옅은 미소를 지으면서 다시금 입을 열었다.

"독서논술 선생님, 수업 마치고 저 좀 뵙고 가세요."

"네, 알겠습니다."

3시간 연강을 마치고, 선영 선생님은 부장 선생님 교실로 갔다. 부장 선생님은 교무실에서 보였던 태도와는 다르게 생글거리며 선영 선생님을 반겼다. 책상 위에는 서류가 한 장이 놓여 있었다.

"독서논술 선생님, 곧 배가 불러오면 수업하기 힘드시겠죠? 그래서 제가 선생님 출산사직서를 대신 썼는데, 선생님은 서명만 하시면 됩니다."

순간 선영 선생님은 당황해서 무슨 말을 해야 할지 몰랐다. 그렇게 한참을 아무 말 못 하고 땅바닥에 얼어붙은 장승처럼 서 있었다. 머릿속이 새하얗게 변한 자신과 달리, 지

금 상황이 너무나도 당연하다는 듯 웃고 있는 부장 선생님을
보고 있자니 아무 말이 나오지 않았다.

"부장 선생님, 집에서 생각해보고 결정하겠습니다."

"네, 그럼 이 사직서 드릴 테니 집에서 서명하고 학교에
제출하세요."

선영 선생님은 부장 선생님이 건네는 사직서를 받아들
고 집으로 왔다. 그날 밤 선영 선생님은 학교에서 있었던 일
을 남편에게 말하며 함께 의논했다. 두 사람은 저녁밥을 먹
는 둥 마는 둥 의논하고도, 밤새 결론을 내리지 못하고 이리
저리 잠을 뒤척였다.

3일이 지났고 선영 선생님은 평소보다 30분 일찍 학교
에 출근했다. 선영 선생님은 심호흡을 크게 하고 교장실 문
을 두드렸다. 방과후강사로 10년 정도 일하면서 교장실에
스스로 찾아가는 건 처음이었다. 교장 선생님의 인자한 모습
을 보니 긴장이 조금 풀리는 느낌이 들었다. 선영 선생님은
자초지종을 차분하게 이야기했다. 자신은 임신과 출산 때문
에 방과후강사 일을 그만두고 싶지 않다고 했다. 교장 선생
님은 선영 선생님의 이야기를 듣는 동안 얼굴 표정이 역력히
바뀌었다. 이윽고 선영 선생님의 이야기가 끝나자, 교장 선
생님은 전화기를 들고 부장 선생님을 호출했다. 부장 선생님

이 교장실에 도착하기 전, 교장 선생님은 사직서를 아주 천천히 눈으로 읽어 내려갔다.

부장 선생님이 곧 교장실로 들어왔다. 부장 선생님은 선영 선생님을 발견하고는 몹시 당황했다.

"부장 선생님, 이 사직서 독서논술 선생님에게 서명하라고 한 거 사실인가요?"

"... 네, 교장 선생님."

"부장 선생님은 무슨 권한으로 본인의 의사도 물어보지 않고 대신해서 사직서를 쓰신 겁니까? 더군다나 같은 여성 입장에서, 출산 때문에 사직서를 쓰라는 게 맞는 행동이라 생각하십니까?"

교장 선생님은 부장 선생님을 향해 사직서를 비수처럼 던지며 말했다. 사직서는 힘없이 부장 선생님 치마 위로 포르르 내려앉았다. 교장 선생님의 벽력과 같은 단호한 목소리의 호통이 이어졌다. 이윽고 부장 선생님은 선영 선생님께 사과를 했고, 교장 선생님은 걱정 말라며 선영 선생님을 다독였다. 이후 선영 선생님은 무사히 출산을 했고, 계속해서 그 학교 아이들과 지낼 수 있었다. 선영 선생님은 가끔 그때의 일을 회상한다. 만일 그때 용기 내지 않았다면, 지금 아이들과 함께하지 못했을 거라며.

우리도 여름휴가 가고 싶어요

우리나라도 언제부턴가 아열대 기후로 바뀌면서, 여름이면 고온 다습한 날씨가 계속 이어진다. 그런 날씨는 사람을 몹시 지치게 만든다. 어느새 이런 무더위를 피하기 위해 여름휴가를 떠나는 건 연례행사가 되었다. 여름휴가는 직장인이라면 1년 중 가장 기다려지는 달콤한 휴식 기간이기도 하다.

나는 방과후강사 일을 했던 지난 15년간 여름휴가를 갔던 기억은 손에 꼽을 정도다. 노동조합 일을 시작하기 전에는 네다섯 학교에 수업을 나갔는데, 학교마다 여름 방학 일정이 모두 달랐다. 가령 A 학교는 7월 마지막 주에 방학을 하고, B 학교는 8월 첫째 주에 방학을 하는 식이었다. 결론적으로 내가 나가는 학교의 휴가 일정이 각각 달라 4~5일 연속해서 쉴 수 있는 날을 찾기란 무척 어려웠다. 심지어 어떤 학교는 여름 방학 내내 휴가 기간을 주지 않았다. 거기다 쉬는 날과 수업하는 날이 들쑥날쑥하다는 점도 있어, 방과후강사는 여러모로 여름휴가를 계획하기 어려운 편이다.

방과후강사 일을 하고 3, 4년 정도 지났을 때, 가족들과 제주도에 가려고 간신히 일정을 맞췄다. 여름방학이 끝날 무렵이었는데, 운이 좋아 휴가를 갈 수 있는 시간이 생긴 것이다. 호텔과 비행기 표를 예약한 후 가족들 모두가 한참 들떠 있었다. 그러다 제주도로 출발하기 하루 전날, 중풍을 앓던 시어머니께서 돌아가셨다. 당시 우리 가족은 여행지가 아닌 장례식장에서 여름의 늦더위를 겪으며 시어머니를 떠나보냈다. 그때는 아이들이 초등학생이었기에 모처럼의 가족 여행을 떠나지 못한 것을 아쉬워했다, 그나마 수업이 없어 장례식을 마음 놓고 치를 수 있어 다행이었다. 제주도 가족 여행은 그로부터 3년이 지나고 다녀올 수 있었다.

그러다 몇 해 전, 처음으로 가족들과 태국 여행을 다녀왔다. 도저히 날짜를 맞추기 어려워 아이들 학교에 체험 학습 신청을 하고 간신히 4박 5일의 여행을 다녀올 수 있었다. 이처럼 15년 동안 여름휴가를 다녀온 건 두 번이 전부였다. 방과후강사 일 때문에 휴가를 못 가기도 했지만, 남편이 냉동 관련 일을 했기에 여름이면 업무가 많아 시간을 내지 못하는 이유도 있었다.

주변 강사들의 여름휴가 경험담을 들어보면 보통 1차로 가족들이 휴가지로 먼저 떠나고, 이후 강사들은 수업을 마치고 뒤늦게 가족들과 합류하는 경우가 많았다. 어떤 선생님은 가족들과 함께 여행을 떠났다가 평일 수업 때문에 먼 타지에서 혼자 고속버스를 타고 돌아온 적도 있다. 또 어느 강사님은 여름 휴가철이 친정아버지 생신이라 시골에 있는 친정집에 가야 했는데, 수업 때문에 항상 토요일에 갔다가 일요일에 부랴부랴 올라온다. 본인 수업 때문에 친정아버지 생신을 제날짜가 아닌 주말로 날짜를 변경했음에도 늘 빠듯했다고 했다. 친정아버지가 돌아가신 후, 생신을 제날짜에 제대로 챙기지도 못한 것도 모자라 주말에도 여유롭게 함께 있지 못한 게 마음에 걸린다고 말했다.

대부분의 방과후강사는 여름휴가를 제대로 가지 못하는 편이다. 토요일과 일요일, 혹은 운 좋게도 공휴일까지 이어질 때, 2박 3일이나 3박 4일 여행을 가는 게 고작이다. 4박 5일 이상의 해외여행을 갈 때는 주로 겨울 방학 기간을 활용하는 편이다. 1년 365일 방과후학교를 운영하는 지역은 그것도 불가능하다. 다행히 경기도 지역은 1년 중 10개월만 방과후학교를 운영한다. 3월에 개강을 해서 12월 말이나 1월 말, 늦어도 2월 초에는 종강을 한다. 그래서 1월과 2월은 수업이 없는 경우가 많다. 방과후강사는 이 시간을 활용해 여행도 가고, 내년 수업 준비도 하며 자격증을 따기도 한다. 본인이 가장이 아닌 경우에는 시간적 여유를 가질 수 있어 좋다는 사람도 있다. 하지만 가족을 책임져야 하는 가장들은 일 년 중 두 달이나 수입이 없어 무척 힘겨운 시기를 보내야 한다.

휴가비는 고사하고 여름에 마음 편하게 남들 다 가는 휴가를 떠나고 싶다는 강사들이 많다. 전국의 모든 학교가 방과후학교 방학 기간을 동일하게 만드는 게 그리 어려운 일인지 교육부에 묻고 싶다. 무더위가 방과후강사만 특별히 피해가진 않기 때문이다.

강사료를 떼이다

찬우 선생님은 오늘도 아침에 눈을 뜨자마자 휴대폰부터 찾는다. 문자 들어온 것을 확인하곤 어디론가 전화를 한다. 신호음은 가는데 상대방은 여전히 전화를 받지 않는다.

찬우 선생님은 서울 지역 방과후학교에서 로봇을 가르쳤다. 로봇은 주로 남자아이들이 좋아하는 과목으로 항상 모집 인원보다 신청자가 넘칠 만큼 인기가 많았다. 찬우 선생님은 3년 전 결혼하여 이제 가장의 무게감을 느끼고 있었다. 작년에 아기가 태어나서 식구가 3명이 되었고, 찬우 선생님은 막중한 책임감을 갖고 토요 방과후수업이며 문화센터 수업이며 부지런하게 일하고 있었다.

찬우 선생님이 처음 방과후강사가 되어 일을 시작했을 때는 서울 지역 초등학교가 600여 개가 있어서 학교를 선택하는 것이 어렵지 않았다. 면접을 볼 때 경쟁이 치열하기는 했지만, 찬우 선생님이 연구기관에서 연구원으로 일했던 경력 때문인지 면접에서 탈락하는 일은 거의 없었다.

다만 몇 년 전부터 민간위탁으로 전환하는 학교가 많아져서, 찬우 선생님은 개인위탁 강사를 모집하는 학교를 따로 찾아야 했다. 같은 일을 해도 업체 소속의 강사가 되면 수수료를 20% 떼이게 되고, 교구도 업체가 요구하는 것을 사용해야 했다. 찬우 선생님은 이런 이유로 되도록 민간 위탁 학교를 선택하지 않으려고 했다.

하지만 상황은 점점 안 좋아졌다. 시간이 흐르면서 어느새 서울의 600여 개 초등학교 가운데 절반 정도가 방과후학교를 전체 과목 민간위탁으로 넘긴 것이다. 그러다 보니 개인위탁을 모집하는 학교만 선택할 수 있는 상황은 이제 불가능해졌다. 무엇보다 자신이 수업하던 두 학교마저 민간위탁으로 넘어가 버렸고, 찬우 선생님은 어쩔 수 없이 업체 소속 강사가 되어야만 했다.

위탁회사 중에는 서울교대 출신의 퇴직 교장들이 만든 어느 회사가 있었다. 퇴직 교장들이 영업을 하니 업체 중에는 단연 가장 큰 규모의 회사였다. 찬우 선생님은 규모가 큰 회사와 계약한 것을 그나마 다행이라 생각했다. 그런데 회사와 계약을 맺은 강사들은 3월에 받아야 할 교재 및 교구비를 6월까지도 받지 못했다. 찬우 선생님도 업체로부터 받지 못

한 교구비가 어느덧 200만 원이 훌쩍 넘었다. 로봇은 다른 과목에 비해 교구비가 훨씬 비싸기 때문에 부담도 클 수밖에 없었다. 심지어 어떤 회사는 교재비를 지급하지 않은 채 망했다는 흉흉한 소식이 여기저기서 들리고 있었다.

찬우 선생님은 봄부터 교구비를 받지 못해 애를 먹었는데, 급기야 마지막 4분기 수업을 할 때도 1월과 2월 강사료를 받지 못하고 있었다. 나중에 알게 된 사실인데, 그 회사와 계약한 서울의 학교는 30여 개가 넘었다. 그중 몇몇 학교를 제외한 대부분의 업체 소속 강사는 찬우 선생님처럼 강사료를 받지 못했다. 찬우 선생님처럼 강사료와 교재, 교구비를 함께 못 받게 되면 강사들의 피해는 엄청난 생계의 위협이 된다.

찬우 선생님은 마냥 기다리고 있을 수 없다는 생각에, 업체 사무실을 직접 찾아 가보기로 했다. 몇 달 전에 연수를 받았던 곳이라 다행히 위치를 알고 있었다. 강남 중심가에 제법 큰 사무실이었는데, 도착하니 두어 달 전에 이미 이사를 갔다는 대답만 들었다. 그래서 이사 갔다는 사무실을 물어물어 찾아갔더니, 역시나 우편물만 가득하고 관계자를 단 한 명도 만날 수 없었다.

찬우 선생님은 그렇게 빈 사무실을 힘없이 나왔다. 점

심을 안 먹고 돌아다녀서 그런지 다리에 힘이 풀렸고, 허무함이 온몸을 감싸는 듯했다. 뉴스를 보니 방과후강사가 그 업체로부터 떼인 강사료가 5억이 넘는다고 했다. 학교는 강사료를 이미 업체에 지불하였으므로 책임질 수 없다고 했다. 교육청은 학교와 위탁 업체 간의 계약이라 법적으로 책임질 이유가 없다고 했다. 노동부에선 방과후강사는 노동자가 아니기 때문에 보호해 줄 수 없다고 했다. 방과후학교의 민간 위탁 업체는 계속 늘어나는데, 이런 일이 발생하면 방과후강사는 누구에게 도움을 받을 수 있는 걸까. 찬우 선생님은 답답한 가슴을 애써 진정시키며 힘없이 집으로 향했다.

사유서 제출하고 장례식에 가세요

경화 선생님은 요즘 계속 불안하다. 특히 어디서 전화가 올 때마다 깜짝깜짝 놀란다. 친정아버지가 간경화로 병원에 입원을 하였는데, 한 달 전부터 담당 의사 선생님이 가족들에게 마음의 준비를 하라고 했기 때문이다. 아버지는 월남전에 참전한 탓인지 건강이 늘 좋지 않았다. 거기다 평소 술도 좋아했기에, 가족들도 아버지가 오래 살 것이라고 기대하진 않았다. 간경화라는 병명을 들었을 때부터 가족들은 이미 마음의 준비를 하고 있었다.

먹구름이 잔뜩 내려앉아 하늘이 마치 머리 위에 얹힌 듯한 날이었다. 아직 정오인데도 저녁처럼 어둑어둑하더니, 곧 겨울을 재촉하는 비라도 쏟아질 기세였다. 아버지가 평소 좋아하던 국화꽃이 거리 가로수 화단에 만개해 있었다. 경화 선생님은 수업을 마치고 병문안 갈 때 꼭 소국이라도 사 가야겠다고 생각했다. 아버지는 며칠 전부터 의식이 없었고,

가족들도 못 알아보는 상태였다. 어쩌면 아버지에겐 마지막 가을이 될지도 모른다는 생각이 드니, 마음이 조급해졌다.

수업을 어떻게 진행했는지 생각이 나지 않았고, 대신 시계만 자꾸 쳐다봤다. 평소 같았으면 뒷정리와 청소에만 한 시간은 족히 걸렸을 테지만, 오늘은 바닥에 떨어진 휴지만 대충 줍고, 책상 줄만 반듯하게 맞추었다. 창밖은 천둥 번개가 치더니 가을비가 세차게 내리고 있었다. 막 교실을 나서는데, 휴대폰이 침묵을 깨고 거침없이 울려댔다. 휴대폰 화면을 보니 남동생에게 전화가 온 것이었다. 아버지가 이승을 떠나셨구나, 불길한 예감이 직감적으로 다가왔다. 아버지가 좋아하시던 국화꽃을 진작 보여드릴 걸, 후회가 가슴을 메어왔다.

장례식장에는 엄마와 남동생 그리고 남편이 상주 자리를 우두커니 지키고 있었다. 아직 문상객은 거의 없었다. 경화 선생님은 검은 상복을 받아서 아주 천천히 갈아입었다. 하얀 국화꽃 속에 환하게 웃고 있는 아버지의 영정 사진을 바라보았다. 수업 때문에 임종도 지키지 못 한 것도 속상했고, 살아생전에 자주 찾아뵙지 못 한 것도 아쉽기만 했다. 아버지, 저 내일도 학교 수업 가야 해요. 어쩌죠? 하늘 가는 길도 함께 하지 못하고... 저 너무 불효자식이죠? 경화 선생님은 창밖에 내리는 비만큼 하염없이 눈물을 흘렸다.

한 달 전이었다. 경화 선생님이 수업 나가던 학교에는 댄스 선생님이 있었다. 댄스 선생님은 미혼이었고 형제자매도 없이 어머니와 단둘이 살고 있었다. 모녀가 서로를 의지하며 외롭게 살고 있었는데, 한 달 전 어머니가 갑자기 세상을 떠났다. 가까이 지내는 일가친척도 없었기에, 이제 혈혈단신이 된 댄스 선생님이 얼마나 두렵고 외로웠을지 어렴풋이 예상할 수 있었다.

댄스 선생님은 홀로 어머니 장례를 준비해야 했다. 어머니 임종을 확인하자마자 댄스 선생님은 방과후 부장 선생님께 전화를 했다.

"부장 선생님, 어머니가 갑자기 돌아가셔서 오늘 수업은 못 할 거 같습니다. 다음 주에 보강 수업을 하겠습니다. 죄송합니다."

"댄스 선생님, 사정은 딱하지만 제가 교장 선생님께 휴강 결재를 받아야 하거든요. 오늘 학교에 나와서 사유서부터 쓰시기 바랍니다."

"부장 선생님, 제가 형제도 없고 친척도 없어서 어머니 곁을 지켜야 합니다. 장례 마치는 대로 사유서 제출하면 안될까요?"

"안 됩니다. 오늘 꼭 사유서 제출하고 휴강하십시오."

댄스 선생님은 결국 장례식 중에 학교에 나와서 사유서

를 제출해야만 했다.

경화 선생님은 댄스 선생님이 어머니 장례식 날 겪은 일을 생생하게 기억하고 있다. 어차피 경화 선생님도 휴강을 하기 위해서는 사유서를 제출해야 하니, 차라리 수업을 하는 게 낫겠다 싶었다. 그나마 자신은 남동생도 둘이나 있고, 남편과 친정엄마가 있으니 얼마나 다행인가. 하지만 그건 애써 스스로 만들어 낸 위안일 뿐 다행이라고 여기면서도 서글픔이 물밀 듯이 밀려왔다.

경화 선생님은 스스로의 마음을 다잡으며 다음 날도, 그다음 날도 수업을 진행했다. 검은 상복을 입고 수업을 갈 수는 없기에, 사복으로 갈아입을 때 얼마나 죄스러운지 마음이 무거웠다. 창밖을 보니 여전히 가을비가 내리고 있었다. 경화 선생님은 문득, 삼 일 치르는 부모님 장례식도 온전히 지키지 못하는 자신의 처지가 가을비만큼 처량하게 느껴졌다.

공개수업은 평가받는 날

방과후학교는 일 년에 두 번에서 네 번 정도 공개수업을 한다. 수업을 어떻게 하고 있는지 학부모에게 보여주는 자리이다. 공개수업은 당연히 있어야 하는 운영 과정이지만 학부모와 학교가 수업을 평가하다 보니, 강사들에겐 1년 중 면접 다음으로 가장 신경이 쓰이는 날이다.

몇 년 전까지만 해도 나는 공개수업을 평소 수업과 동일하게 진행했다. 다만 시간이 지날수록 공개 수업이 강사를 평가하는 수단으로 바뀌면서, 점점 스트레스로 다가왔다. 클레이나 공예, 요리나 과학 실험과 같은 수업은 일반 사교육에서 하지 않은 수업이고 아이들이 좋아하는 과목이라 학부모들의 평가도 인색하지 않다. 반면 독서논술은 학부모나 교사들의 관심이 많은 과목이고, 나름의 주관이 반영되는 과목이다 보니 같은 수업을 보고도 평가는 극과 극일 때가 많다.

김포의 어느 초등학교에서 공개 수업을 했을 때다. 『보글보글 마법의 수프』라는 책으로 수업을 했다. 마녀가 예뻐지고 싶어서 이것저것 마법의 수프를 만들지만, 결국 실패하고 자기와 똑같이 생긴 꼬마 마녀를 만들게 된 이야기이다. 이 동화책은 우리가 알고 있는 마녀의 이미지와는 다른 착하고 어리석고 인정이 많은 마녀가 등장한다. 그리고 아름다운 외모를 포기했지만 가족이 생겨서 기쁨과 행복을 알게 되는 이야기이다. 내용도 재미있지만 아이들의 상상력을 자극하고 창의력을 끄집어낼 수 있는 발문이 많은 동화책이다.

한 아이의 아빠가 공개 수업에 참석했다. 수업을 마치고 학부모는 나에게 수업 참관 소감을 얘기했다. 저학년 수준에 맞게 토론을 너무 재미있고 유익하게 이끌어가서 감동했다며, 본인이 학교 다닐 때는 이런 좋은 수업을 받지 못했다며 아쉬워했다. 그리고 다양한 방식으로 독후 활동하는 것도 인상적이라 덧붙이며, 아이와 함께 꼭 사진을 찍고 싶다고 했다.

같은 책으로 다음 해 다른 초등학교에서 공개 수업을 진행했다. 수업 중에 아이들이 너도 나도 손을 드는 통에 정신이 없었다. 토론을 활기차게 이끌어 가는 것은 무척 바람직한 현상이라 할 수 있다. 학부모의 평가서를 읽어 보니, 집에서 어떻게 독서 지도를 해야 하는지 도움이 많이 되었다는 평가 후기가 있었다.

한 달 후 나는 그 학교에서 재계약이 진행되지 않았다. 공개 수업에 학부모 모니터로 두 명이 들어왔는데, 내 수업에 대한 평가가 좋지 않았기 때문이라 했다. 몇 년 전에도 사투리 때문에 재계약이 안 된 학교이기도 했다. 개인의 평가야 충분히 다를 수 있지만, 똑같은 수업을 하고도 평가가 극과 극으로 나뉘는 모습은 나로서는 좀처럼 받아들이지 않았다.

어느 해에는 공개 수업 하는 날인데 아이들이 절반밖에 오지 않았다. 그래서 수업을 진행하지 못하고 있었는데, 수업 시각 15분이 지나서 아이들이 우르르 들어왔다. 아이들이 마라톤 대회 연습을 마치고 뒤늦게 온 것이다. 나중에 안 사실인데, 그날 수업이 늦게 진행되었다며 학부모들의 불만이 있었고, 다음 해에 재계약이 되지 않았다. 아이들이 마라톤 연습 때문에 수업에 늦은 게 내 탓이 아님에도, 책임은 오롯이 내가 진 셈이다.

심지어 방과후학교 공개 수업 날임에도 학교에서 체험 학습을 잡아 놓은 경우도 있다. 강사는 이 밖에도 아이들의 돌발 행동 때문에 수업을 망칠 때도 있고, 수업 중에 주차된 차를 빼러 간다고 자리를 비워야 할 때도 있다. 평소에는 강사나 아이들이 수업을 잘하다가도, 공개 수업 때 이런 일이 벌어지면 무척 난감하다. 공개 수업 자체가 무의미하다는 건 아니지만, 오롯이 교육에만 집중하기 어려운 온갖 어려움 속에서도 방과후강사들이 매년 노력한다는 걸 알아줬으면 하는 마음이다.

수업하고 싶어요

오늘도 무더위가 아스팔트를 뜨겁게 달구고 있었다. 공기는 아침부터 가열 차게 달아오르고 있었다. 매미 울음이 고즈넉한 교정의 적막을 가르고 있었고, 매앰앰 매앰앰 소리가 귀청을 울리며 학교 가득 퍼져 나가고 있었다. 정은 선생님은 그늘이 드리워진 주차상을 바라보며 심호흡을 크게 내쉬고 햇빛 쨍쨍한 주차장 입구 쪽에 차를 댔다.

어제 교무부장 선생님이 원격 수업을 하는 선생님들은 그늘에 주차하지 말라고 공지를 보냈다. 원격 수업을 진행하는 선생님들은 일반 교사들보다 30분 이상 일찍 출근을 했다. 그러다 보니 먼저 출근한 원격 수업 선생님들이 차를 그늘진 안쪽에 주차를 하는 일이 많았다. 이를 두고 교사들이 불만을 표시하였고, 출근 시간과 상관없이 정규직이 아닌 강사들은 그늘에 주차하지 말라는 지침이 내려온 것이다.

정은 선생님은 이런 대접을 받아도 생계를 위해서는 어쩔 수 없다며 애써 마음을 추스렀다. 오전에 원격 수업을 하고 오후에 다른 학교에서 방역을 할 수 있는 것도 그나마 다행이었다. 경기도 학교에서 일하는 방과후강사들은 원격과 방역 도우미를 중복해서 일을 못하도록 되어 있어서 생계 문제를 해결하기 너무 힘들다는 이야기가 여기저기서 들려왔기 때문이다.

정은 선생님은 점심을 먹는 둥 마는 둥 차 안에서 간단히 해결하고 곧장 다른 학교로 달려갔다. 오후에는 그 학교에서 방역 도우미 일을 하루에 3시간 정도 하고 있었다. 처음 한 시간 반은 현관에서 아이들 열 체크와 방역을 진행했고 5, 6학년 원격 학습하는 교실에서는 아이들을 조용히 시켰다. 아이들이 하교한 후 빈 교실을 열심히 방역을 하다 보면 시간이 금방 지나갔다. 땀이 비 오듯 흘러내려도 그나마 학교에서 일을 하고 있다는 안도감에 빈 가슴을 쓸어내리곤 했다.

1주 차에는 학교가 계약서에 작성한 업무만 시켜서 힘들기는 해도 매뉴얼대로 일하는 거라 불만이 없었다. 그런데 2주 차가 되니 교사들이 방역 외에 교실 청소까지 하라고 지시했다. 그 말을 듣자 정은 선생님은 순간 울컥하고 눈물이 솟구쳤다. 불과 몇 달 전만 해도 그녀 역시 학교에서 당당하게 플룻을 가르쳤다는 생각에 도저히 눈물을 참을 수 없었다.

이젠 영락없는 청소부로 전락한 느낌, 무엇보다 방과후수업을 앞으로 영원히 하지 못할 거 같은 두려움이 몰려왔다.

방역 도우미로 일한 지 3주 차가 되는 날이었다. 부장 교사는 정은 선생님에게 당연하다는 듯 무덤덤하게 말했다.

"선생님, 교실 청소 다 하고 쓰레기통도 버려주세요. 뒷 정리도 깨끗하게 하시고요."

지시하듯 말을 끝내고 부장 선생님은 다른 교사들이 모여 있는 옆 교실로 커피를 마시러 갔다. 이내 교사들이 호호하하 웃고 떠드는 소리가 복도까지 울려 퍼졌다. 정은 선생님은 차마 입 밖으로 꺼내지 못한 말을 마음속으로 혼자 되뇌었다.

'학교에는 청소용역이 따로 있고, 저는 방역 도우미로 계약한 거지 청소하러 온 게 아닌데... 왜 저를 청소부 취급 하시나요?'

정은 선생님은 늘어나는 업무에 화가 점점 치밀어 오르기 시작했다. 생계도 중요했지만 도저히 참을 수 없었다. 정은 선생님은 다음 날 출근을 하자마자 교장실로 찾아갔다. 교장 선생님에게 그동안 있었던 일을 차분하게 이야기했다. 교장 선생님은 정은 선생님의 항의에 무척 당황해했다. 교장은 방역 도우미가 소독방역 외에 교실 청소까지 하고 있다는 사실을 까맣게 몰랐다고 했다. 방역 도우미도 아이들의 안전을 위해서 꼭 필요한 일이었다. 다만 정은 선생님은 방역 도우미 일을 하고 싶어서 방과후강사를 시작한 건 아니었다. 코로나19로 생계가 막막해서 방역 일이라도 해야 병든 어머니 약값이라도 보탤 수 있기 때문이다. 그런데 요즘은 개인 레슨도 끊겨서 모든 게 막막할 따름이다.

교장 선생님, 저도 아이들과 플루트 수업하고 싶어요, 정은 선생님은 들릴 듯 말 듯 한 목소리로 혼자 옹알이처럼 이야기했다. 그 말이 입 밖으로 나오지 못하고 마음속으로 메아리치며 맴돌 뿐이었다.

방과후학교에 방과후강사는 없다

2014년부터 현장의 생생한 진로 탐색과 직업체험 프로그램 등을 전시하는 '교육기부 박람회'와 방과후학교 프로그램 전시회인 '방과후학교 박람회'가 동시에 개최되었다. 두 프로그램은 학생들의 다양한 꿈과 열정을 키우는 풍성한 체험의 장으로 자리매김하고 있었다. 그리고 2015년 9월 17일부터 20일까지 '2015 교육기부 & 방과후학교 박람회'가 진행되었다. 마침 개최 장소는 내가 사는 고양 킨텍스였다.

나는 수업을 마치고 동료 강사와 행사 장소로 향했다. 우리 일행은 전국에서 모인 다양하고 창의적인 방과후학교 프로그램 박람회 부스를 살펴보느라 시간 가는 줄 몰랐다. 특히 내가 가르치는 독서논술 과목의 부스를 발견하면 더 관심을 갖기도 했다. 방과후강사로서 수업에 필요한 자료나 정보가 무엇이 있는지 두 눈을 크게 뜨고 보는 건 특별한 일이 아니었다. 그러다 복도에서 방과후학교 정책 포럼을 진행한다는 안내장을 우연히 보게 되었다. 마침 시작 시각이 가까워서 동료 강사들과 함께 포럼에 참석하게 되었다.

교육부 차관은 "이번 박람회에 많은 기업과 민간기관들이 다양하고 우수한 진로 탐색·직업체험 프로그램을 운영했다. 그 결과 학생들이 꿈과 끼를 찾고 키울 수 있는 행복한 현장학습의 기회를 제공하고 미래사회에 필요한 창의인재를 길러내는 데 크게 기여할 것으로 기대된다"라고 이야기하며 포럼의 시작을 알리고 있었다. 장 내에는 적어도 2~300명 이상의 사람들이 있었다. 나는 심호흡을 크게 내쉬며 참석자들을 살펴봤다. 대부분 학교장과 기관장 등 교육 관련 공직자들이었다. 기실 방과후강사들은 이런 공직자들을 보면 눈치를 보고 왠지 기가 죽는 경향이 있다. 나 역시 예외가 아니었다.

포럼의 요지는 1995년 특기 적성교육으로 시작했던 방과후학교가 20년 동안 운영되었는데, 그 결과물이 기대 이상이라는 것이었다. 그러면서 사회자는 방과후학교에 오랜 시간 관여한 교수님부터 시작해 각 학교 교장, 교감의 이름 하나하나를 부르며 칭찬을 아끼지 않았다. 또한 각 단위 학교의 방과후 부장 선생님들이 애쓰고 노력한 결과라는 치하도 빠뜨리지 않았다. 나와 동료 강사는 포럼에 두 시간 정도

앉아 있었는데, 그동안 방과후학교의 주체인 방과후강사에 대한 언급은 단 한 번도 없었다. 방과후학교의 모든 성과는 교육행정을 맡은 그들의 수고라고 말하기 바빠 보였다.

나는 마지막까지 자리에 앉아 있다가, 나중에 발언권을 달라고 요청하려 했다. 방과후학교를 말하는 자리에 왜 당사자인 방과후강사는 부르지 않았는지, 방과후학교가 거둔 성과에 전국의 수많은 방과후강사는 그 어떤 노력도 하지 않았는지 따지고 싶었다. 가슴 깊은 곳에서 답답함과 울분이 치솟았다. 그럼에도 그저 묵묵히 그들만의 잔치를 멍하니 지켜볼 수밖에 없었다.

그런 울분과는 상관없이 시간이 지날수록 배고픔이 크게 다가왔다. 우리는 아침 9시부터 12시 30분까지 수업하고 점심을 건너뛰었으니, 앉아서 포럼을 듣고 있을 기운이 없었다. 게다가 마냥 기다린다고 발언권을 얻을 수 있을지도 확실하지 않았다. 결국 나는 고민을 하다가 일행들과 함께 자리에서 일어났다.

한편 포럼에 대한 아쉬움이 계속해서 머릿속을 맴돌았다. 이 자리는 시도교육청 담당자가 방과후학교 현안을 논의하고 발전 방안을 함께 모색하는 자리였다. 교육 관련 협의회와 '방과후학교 발전 과정과 미래 탐색'을 주제로 이야기를 나눈다는 자리에, 방과후강사가 배제되어 있다는 사실이 불편하게 다가왔다. 방과후학교에 방과후강사가 없는데, 방과후학교가 어떻게 발전을 하겠다는 건지 몹시 궁금한 하루였다.

방과후강사는 들러리였다

어느 날 악기를 가르치는 강사님이 차 한잔하자고 연락이 왔다. 10월의 보드라운 가을 햇살이 들녘의 갈대를 보석처럼 비추는 토요일 오후, 찻집에서 그녀를 만났다. 그녀는 방과후학교에서 오카리나, 바이올린, 우쿨렐레를 가르치고 가끔 오케스트라를 지휘하는 음악 강사이다. 그녀는 음악 재능만큼이나 열정과 에너지가 넘쳐서 주변 사람들에게 항상 즐거움을 주는 사람이었다. 그날은 웃음기가 사라진 시무룩한 표정으로 나를 맞이했다. 그 강사의 우울하고 슬픈 표정을 본 적이 없던 나는 놀란 마음으로 자초지종을 물어보았다.

얼마 전 학교에서 연락이 왔다고 했다. 한 달 뒤 오케스트라 합주 대회가 있는데, 방과후학교 학생들의 연주를 지도해 달라는 요청이었다. 다른 아이들도 아니고 그녀가 직접 가르치는 아이들을 지도하는 것이니 크게 어려울 건 없었다. 더욱이 큰 대회에 나가면 아이들도 좋아할 것이고, 열정 많은 강사 본인도 즐거운 일이니 마다할 이유가 전혀 없었다. 그녀는 정해진 방과후학교 시간뿐 아니라, 주말에도 나와서 열심히 아이들에게 악기 연주를 지도했다. 때로는 사비로 간식도 사주고, 박자를 못 맞추거나 연주를 힘들어하는 아이는 따로 개인 레슨을 진행했다.

합주 대회 하루를 앞둔 날, 교감 선생님이 그녀를 교무실로 불렀다. 내일이 대회인데 무슨 일인가 싶어 그녀는 잔뜩 긴장한 채 교무실로 들어갔다. 교감 선생님은 그녀에게 낯설지 않은 분을 소개해줬다. 부장 선생님이었다. 곧이어 교감 선생님의 말을 들은 그녀는 그대로 숨이 멎어버린 듯 그 자리에 얼어붙었다. 내일 있을 오케스트라 대회는 그녀가 아니라 부장 선생님이 지휘할 거라는 얘기였다. 그러니 대회 나가기 전에 아이들 연주와 부장 선생님의 지휘를 한번 맞춰보라고 했다. 그녀는 애초에 이런저런 설명도 없이 하루 전날 통보하는 상황이 너무 속상하고 화가 났다. 그 순간 교무실을 박차고 나가고 싶은 충동을 느꼈다. 그러나 15명 오케스트라 아이들의 초롱초롱한 눈망울과 그동안 입술이 부르트고 어깨와 손가락이 아플 정도로 저마다 연습한 걸 생각하니 도저히 그럴 수가 없었다.

그녀는 부장 선생님과 함께 아이들이 있는 오케스트라 교실로 갔다. 아이들에게 내일 대회에서는 부장 선생님께서 지휘를 할 테니, 지금 연주를 맞춰 보자고 했다. 아이들의 두 눈은 놀란 토끼처럼 휘둥그레졌다. 도저히 이해가 안 간다는 듯한 표정이었다. 곧장 부장 선생님의 지휘에 맞춰 아이들의 오케스트라 합주가 시작되었다. 그런데 한 달 동안 연습하던 오케스트라 합주는 불협화음으로 공중에 제멋대로 퍼져나갔다. 몇 번을 다시 시도해도 전날의 아름답고 일체감 넘치는 연주는 좀처럼 탄생하지 않았다. 보다 못해 그녀가 부장 선생님에게 지휘봉을 넘겨받아 지휘를 시작했다. 그랬더니 아이들의 표정부터 편안해졌으며, 가을 햇살을 연주하듯 잔잔하고 아름다운 각각의 선율들이 하나가 되어 시원한 바람을 타고 교실 전체에 흘러넘쳤다. 그 모습을 지켜보던 부장 선생님의 얼굴은 울그락불그락 변해갔다.

합주 대회 날이 되었다. 아이들은 까만 바지 혹은 스커트에 하얀 블라우스를 정갈하게 받쳐 입고, 얌전하게 자신들의 순서를 기다렸다. 이윽고 아이들은 하나둘 무대 위에 올라가기 시작했다. 오케스트라를 지휘하는 단상에는 부장 선생님이 서 있었다. 반면 그녀는 사람들 눈에 띄지 않게 무대에서 가장 가까운 기둥 뒤에 숨어 있었다. 합주가 시작되자 그녀는 기둥 옆에서 조심스럽게 지휘봉을 휘저었다. 합주를 하는 모든 아이가 부장 선생님은 보지 않고, 기둥 옆에 숨어서 지휘하는 그녀를 바라보았다. 아이들은 각자의 악기에 마치 영혼을 담은 듯 혼연일체로 연주하기 시작했다. 오케스트라를 지휘하는 그 순간이, 그녀는 지금까지 해왔던 그 어떤 연주보다 길게 느껴졌다. 그녀는 사람들 눈에 띄지 않으면서도 최대한 아이들에게 집중하며 무사히 지휘를 마쳤다. 연주를 마치고 돌아서면서, 그녀는 참담한 상황을 참지 못하고 결국 온 얼굴을 눈물로 적셨다. 아이들은 두 선생님이 지휘를 하는 이해 못 할 상황에서도 최선을 다한 덕분에, 합주 대회에서 우수상을 받으며 기뻐했다.

나는 그녀의 이야기를 묵묵히 들어주고 위로의 말을 전했다. 선생님이 지도한 아이들이 우수상을 받았으니 참으로 축하한다. 아이들만큼은 선생님의 정성과 노력을 알아줄 것이니 더 이상 속상해하지 말아라. 뻔한 말이었지만, 더 이상 해줄 말이 없었다.

나는 그동안 많은 방과후강사가 각종 대회를 위해 아이들을 지도했지만, 막상 지도자 이름에는 방과후강사가 아닌 교사 이름으로 나가는 경우를 허다하게 봤다. 로봇 대회, 댄스 대회, 합창 대회 등... 그렇게 방과후강사 대신 상을 받은 교사들은 승진 평가 때 가산점을 받아서 교감이 된다. 정작 아이들을 지도한 방과후강사들에게 고맙다고 인사하는 교사는 거의 없었다. 아마도 그 부장 선생님도 곧 교감으로 승진하여 다른 학교로 발령이 날 것이다. 이처럼 방과후강사는 때때로 교사들의 들러리로 살아간다.

계약 기간 변경은 안 된다

최근 코로나19로 인해 모든 행사와 업무가 중단되었다. 새순이 움트고 개나리가 만발하는 2020년 3월. 신학기를 맞아 새로운 아이들과 수업을 시작해야 하는데, 교육부는 초·중·고 3월 개학을 3주일 미루었다. 전국의 방과후학교는 이미 2월 마지막 주부터 수업이 취소된 상황이었다.

한 달 한 달 수입으로 생계를 책임지는 강사들에겐 이러한 휴강이나 수업 중단이 코로나19보다 더 무서운 공포로 다가왔다. 한참 수업을 해야 할 시기에 수업을 못 하는 것도 서러운데, 경남교육청은 도내 단위 학교에 계약서를 다시 쓰라는 공문을 내렸다. 코로나19가 발생하기 전, 강사들은 이미 2020년 3월 2일부터 2021년 2월 28일까지 수업을 하겠다는 위·수탁 계약서를 작성한 상태였다. 그러나 개학이 미루어지면서 계약 시작 날짜를 3월 말이나 4월 초로 변경하라는 내용의 공문이 내려왔다. 경남의 초등학교 수는 500여 곳이 넘는다. 활동하는 강사만 해도 그 수가 5~6천여 명에

달한다.

진주에서 요리를 가르치던 선생님은 공공근로를 신청해 앞치마 대신에 푸른 조끼를 입고 공원 청소를 했다. 창원에서 미술을 가르치던 선생님은 학교가 아닌 카페에서 커피를 브랜딩하고 있었다. 그들이 원하는 것은 오로지 학교 현장이었다. 코로나19 때문에 언제 학교로 돌아갈지 모르는 불안한 마음에도, 이들은 학교와 계약서를 썼기 때문에 학교로 돌아갈 것이라는 희망을 결코 잃지 않았다.

그러나 휴업이 아닌 계약 기간 변경이 되면 강사들은 강사료 보전이라는 절박한 요구의 명분이 없어진다. 물론 국가나 교육청이 수업 결손으로 수입이 전혀 발생하지 않는 방과후강사들에게 강사료를 보전할 의무는 없다. 그러나 정부에서 경기 침체를 우려해 추경을 편성하여 소상공인과 자영업자들을 위한 지원 방안을 마련하고 있는 것처럼, 교육 현장의 약자인 방과후강사들을 위한 대책도 당연히 있어야 할 것이다. 방과후학교가 누구를 위해 있는지, 왜 존재하는지 생각해보면 결코 외면할 문제가 아니다.

바이러스는 정규직과 비정규직을 가리지 않는다. 감염병의 고통은 누구에게든 찾아올 수 있다. 이로 인한 사회적 아픔과 부담 역시 모두가 함께 나누고 짊어져야 한다. 감염병의 위험으로부터 아이들을 안전하게 지켜야 한다는 명제에는 그 누구도 이견이 있을 수 없지만, 늘 비정규직과 약자들만이 희생을 더 크게 짊어져야 하는 구조는 옳지 않다. 그러므로 차별과 배제야말로 또 하나의 바이러스가 될 것이다.

메르스나 사스, 신종플루와 같은 국가적 재난 상황이 올 때마다 숨죽이며 눈치만 보는 방과후강사를 비롯한 수많은 비정규직 노동자를 대변해 주는 기관은 지금까지 아무 곳도 없었다. 그런 상황에도 전북교육청은 2월 마지막 수업 결손에 대한 강사료의 70%를 교육기금으로 보전했다. 덕분에 전북 지역 방과후강사들은 이번 코로나19 사태를 겪으면서도 작은 희망을 품게 되었다.

이러한 절박한 상황에 경남교육청은 무엇을 하였을까. 경남교육청에서 내린 공문은 경남 지역의 강사들에게 비참함과 참담함을 안겨 주었다. 굳이 수업 시작하는 날짜에 따라 계약서를 다시 쓰도록 하는 번거로움을 일삼는 의도가 무엇일까. 1년짜리 계약서가 강사들의 고용 의지를 얼마나 위축시키는지, 정규직인 그들은 이해하지 못할 것이다. 개학 날짜가 여러 번 변경되면서 그때마다 계약서를 다시 쓰라며 방과후강사를 직접 학교로 오가게 만드는 학교의 갑질은 너무나 당연한 것이 되어버렸다.

또한 교육 담당자들은 이번 코로나19 사태가 가이드라인에 제시된 자연재해나 재난에 해당되느냐 마느냐의 문건 해석으로만 책임을 다하지 않아야 한다. 지금의 사태가 모든 국민이 맞이하고 있는 국가적 재난 상황임을 인지한다면, 계약 변경과 같은 일을 쉽사리 지시하지 않을 것이다.

국가적 재난으로 정규직의 수입이 줄거나 불이익을 당하는 일은 거의 없다. 하루 벌이나 다름없는 비정규직 노동자들에게만 희생과 차별을 강요하는 것은 코로나보다 더 무서운 사회적 재앙이다. 차별과 배제는 새로운 사회구조 바이러스가 되어 노동자들의 삶을 병들게 할 것이다.

정부가 어떤 입장을 취하느냐에 따라, 방과후강사들의 수입 결손은 추경 예산을 편성하여 얼마든지 지원할 수 있다. 코로나19와 같은 국가적 재난은 언제든지 올 수 있다. 다만 어떠한 상황이 와도 안정적으로 아이들을 가르칠 수 있도록 구체적인 대책이 마련되어야 한다. 경남교육청은 계약서 다시 쓰기를 중단하여, 강사들이 다시금 교육청과 학교를 신뢰하도록 노력해야 한다. 오롯이 방과후강사들이 수업에만 집중할 수 있도록 말이다.

학교는 비정규직의 백화점이다

우리는 보통 '학교'라는 단어를 들으면 학생과 교사를 먼저 떠올리게 된다. 그러나 학교에는 교사와 행정실 직원 말고도 80여 종의 비정규직이 있다. 교사는 전체 학교 종사자 87만 명 중에서 51%를 차지하고 공무원은 6% 정도다. 이들을 제외한 나머지 38만 명으로 추산되는 43%가 바로 비정규직들이다. 강사 직종만 해도 무려 8종류가 있으며, 16만 명 정도 된다. 이 강사 직종의 8종류에는 영어회화 강사, 교과교실제 강사, 산업체우수 강사, 학교운동부 강사, 다문화언어 강사, 스포츠 강사, 예술 강사 그리고 방과후강사가 있다.

학교 비정규직 중 대표적인 직종이 아이들의 급식을 책임지는 조리원과 조리사들이다. 급식실 노동자들의 노동 강도는 조선소 노동자보다 강해서 온갖 골병을 끌어안고 살아가는 산재 제작실로 불린다. 그리고 특수교육실무사는 지체 및 발달장애 학생들을 돌보느라 고강도 노동에 시달리는

데, 산재가 발생해도 산재처리를 눈치 보느라 제대로 치료를 받지 못 하는 경우가 허다하다. 또한 무기계약 전환이 거부된 초등스포츠강사, 영어회화전문강사들도 학교라는 거대한 권력의 사각지대에 놓인 비정규직 교육노동자들이다. 돌봄전담사는 코로나 사태를 맞아 일선에서 전쟁을 벌이는 직군이다. 교사와 비슷한 일을 하지만 8시간, 6시간, 4시간 등 천차만별 시간제 속에서 간신히 버티고 있다. 그 밖에도 7급 공무원 호봉 수준의 처우로 채용했지만, 해마다 임금삭감을 강요당하는 교육복지사 직군도 있다.

교원들의 업무 경감을 목적으로 학교에는 많은 수의 비정규직이 고용되었다. 다만 이들의 업무는 계속 늘어나고 있음에도 처우개선에 관한 이야기는 잘 나오지 않는다. 교무행정사, 교무실무사, 행정실무사가 바로 그들이다. 처우개선을 약속받고 파견용역에서 무기계약 직고용으로 전환했는데, 다시금 임금 차별이라는 이중삼중의 차별을 겪는 청소노동자, 당직 노동자들도 있다. 이들은 대체로 나이가 많아 자신들의 목소리를 적극적으로 내기 어려운, 비정규직 중의 비정규직이다.

"우리는 기계가 아니다. 우리는 곰이 아니다. 겨울잠을 자지 않는다. 상시전일 전환하라. 10년을 기다렸다. 전 직종

상시전일 전환하라."

"방학 때 월급이 없어 10개월 적금 부어 놓은 걸 깨서 썼다. 3월 월급만 기다리는 우리들의 심정을 교육감은 아는가."

"급식 현장에서 산재가 얼마나 일어나는지, 일하는 노동자들이 근골격계 질환부터 시작해 온몸에 골병이 들어서 아파하는 걸 아는가. 돈은 안 들이고 일방적인 희생만 강요하고 있는 게 교육청의 현실 아닌가."

"매번 예산이 없다며 일관한 교육청이다. 교사, 공무원은 방학에 연수와 다음 학기 준비가 필요하고, 비정규직은 연수와 다음 학기 준비가 필요 없는 것이냐."

"교사, 공무원만 사람이고 비정규직은 사람이 아니냐. 교사, 공무원만 가정이 있고 비정규직은 가정이 없느냐."

"처음에 한 가지 부당한 일이 두 가지, 세 가지가 되고 이제는 차별의 칼날이 되어 가슴을 찌른다. 이 고통을 더 이상 참을 수가 없다."

"우리들 중 누군가가 전태일이 되어야만 돌아봐 줄 것이냐. 그렇게 절박한 심정으로 자신을 불태우며 외쳐야만 관심 가져 줄 것이냐."

"돌봄교실을 지자체로 이관한다는데 이게 말이나 되는 것이냐. 교사들이 늘어난 돌봄교실만큼 관련 행정업무가 많

아진 건 사실이다. 다만 행정업무가 많아진다고 학부모,
아이들이 만족하고 있는 돌봄교실을 학교 밖으로 밀어내
는 것은 있을 수 없는 일이다."

"초등돌봄은 17년이란 세월 동안 항상 천덕꾸러기 취급을
받았고, 그 속에 갖가지 무시, 멸시를 받으며 시간제로 일
하고 있다. 아직도 해결되지 못하고 있다."

이들의 목소리 하나하나가 뼈아프게 다가온다. 왜냐하
면 방과후강사들도 학교의 비정규직 노동자이기 때문이다.

chapter 4

쉰 살에 꿈을 꾸다

"그동안 나는 너무 외로웠다.
오랜 세월, 항상 혼자 교육청과 면담하고
피켓을 들고 목소리를 높였다.
이제는 전국의 방과후강사가 노동자라는 이름으로
함께 기적을 만들어나간다면
더없이 좋겠다."

운명의 그 날... 국회 토론회를 개최하다

2015년 2월 11일. 겨울의 끝자락이지만 찬바람은 좀 처럼 꺾이지 않았다. 거리에는 여전히 두꺼운 패딩 점퍼를 입은 사람들이 종종걸음을 치고 있었다. 철모르고 핀 학교 울타리의 개나리가 몹시도 반가운, 그런 계절이었다. 그날은 큰딸 중학교 졸업식 날이었다. 사춘기의 예민함과 까칠함을 여전히 겪고 있는 딸의 졸업식이라 온 가족들이 조심스레 졸업식에 참석했다.

나는 졸업식을 정신없이 후다닥 마치고 김포로 차를 몰았다. 방과후강사의 노동 상황에 대하여 알고 싶어 하는 분이 있으니, 꼭 만나 달라는 부탁 때문이었다. 부탁한 사람은 김포의 어느 초등학교 돌봄 교실의 선생님이었는데, 학교비정규직노조의 돌봄 분과를 처음 조직한 분이라고 했다. 나는 낯선 사람을 만나는 게 어색해서 지인 강사와 함께 만났다. 장소는 그 초등학교 후문에 위치한 빵집이었다. 후줄근한 점 퍼 차림에 배낭을 둘러메고 등산화를 신은 50대 초반의 남자가 그곳에서 우리를 기다리고 있었다. 그분은 학교비정규직노조의 간부라고 자신을 소개했다. 처음 만난 그날 배낭을 빵집에 두고 올 만큼 어수룩하게 생긴 그분이 60,000여 명 조합원이 가입되어 있는 학교비정규직노조를 만든 분이라 해서 깜짝 놀랐다. 한편으론 그렇게 대단한 사람이 왜 나를 만나자고 한 것인지 한동안 의심을 거두지 못하고 경계하는 마음을 품고 있었다.

　그분은 방과후강사 일을 하면서 어려운 점이 무엇인지 지인 강사와 나에게 물었다. 지금까지 이런 질문을 받은 적이 없었기에, 기다렸다는 듯 우리가 겪고 있는 부당함에 대해 끝없이 이야기를 쏟아부었다. 그 자리에 나갈 때만 해도 만남은 한 번으로 끝날 것이라 생각했다. 그러나 그 만남을 시작으로 나는 전국방과후강사권익실현센터를 만들었고, 실제적인 노동조합 활동을 시작하게 되었다. 학교 다닐 때 반장을 해본 적도, 하다못해 친목회 회장도 안 해본 내가 노동운동을 시작한 것이다.

　벚꽃이 꽃눈이 되어 흩날리는 4월로 접어들 무렵, 나는 방과후강사의 고용 실태를 파악하기 위해 강사들에게 설문지를 돌리며 본격적인 활동을 시작했다. 그러다 더불어민주당의 설훈 국회의원이 방과후학교를 위탁으로 넘기기 위한 법안을 제정한다는 사실을 우연히 알게 되었다. 이 사실을 듣고 곧장 주변 방과후강사 50여 명에게 SNS로 이 사실을 전달해 법안 반대 서명 운동을 펼쳤다. 3주 만에 전국에 있는 6,000여 명의 방과후강사가 서명을 했다.

나는 법안을 반대한 강사들의 서명지를 출력해 설훈 의원을 찾아갈 계획을 세웠다. 그러기 위해 단체가 필요했고, 단체의 대표가 필요했다. 이 과정에서 전국방과후강사권익실현센터가 만들어졌고, 나는 그 단체의 대표가 되었다. 면담 이후 설훈 의원은 방과후강사들에게 사과했고, 이내 법안을 폐기했다.

몇 달 후, 나는 400여 명의 방과후강사를 국회로 불러 모으기 위해 전국을 열심히 돌아다녔다. 우리의 목소리를 내기 위함이었다. 수업이 없는 수요일마다 지방을 부지런히 돌아다녔고, 수업이 있는 날에도 간신히 시간을 내어 안양, 김포, 남양주, 안성, 고양 등 경기도 일대를 돌아다녔다. 나는 성격상 여기저기 돌아다니는 걸 싫어하고, 남들 앞에 나서는 경험도 전혀 없었다. 그랬던 내가 전국 방과후강사 수백 명을 모으고, 많은 사람 앞에서 마이크를 잡기로 다짐한 것이다.

국회 토론회는 예정대로 국회의사당 대강당에서 진행되었다. 강릉, 부산, 순천, 광주, 울산, 대전 등 전국의 방과후강사가 비행기와 기차를 타고 국회로 달려왔다. 이날 모인 강사는 400여 명이었다. 나는 토론회 발제를 위해 한 달가량 준비했지만 많은 사람 앞에 서는 게 떨려서 당일 아침 우황청심환을 먹었다. 그렇게 나는 간신히 두려움과 설렘을 안고 발제를 시작했다.

한 번도 우리의 목소리를 내본 적이 없었기에 토론회가 문득 낯설게 다가왔다. 그럼에도 발제하는 중간중간 커다란 박수 소리가 여러 번 울려 퍼졌다. 들리는 말에 의하면 발제 후 많은 강사가 눈물을 흘렸다고 한다. 무엇보다 처음으로 전국의 방과후강사가 모여 목소리를 낸다는 것 자체가 큰 감동으로 다가왔다. 그렇게 발제를 무사히 마쳤다. 순간 도저히 글로 형용하기 힘든 감정이 몰려왔다. 형용할 수 없는 그 날의 감정이 결국은 전국방과후강사 노동조합을 만드는 계기가 되었다. 단순히 방과후강사 중 한 명이었던 나는, 어느새 노동조합 활동가로 한 걸음씩 나아가고 있었다.

쉰 살에 꿈을 꾸다

지난날을 돌이켜 보면 나의 40대는 어려움이 많았던 시절이었다. 우리 가족은 고향을 떠나 타지 생활을 시작했고, 나는 가장 아닌 가장 노릇을 하느라 마음의 여유가 없었다. 20여 년 중풍을 앓았던 시어머니와 매달 가계부 검사를 하던 시아버지. 두 분과의 불화는 지금까지도 내 마음에 남아 있다. 외동아들인 남편 역시 부모를 등지고 아무 일 없는 듯이 살아가는 게 쉽지 않았다. 남편은 그런 마음의 불편함 때문인지 하는 일이 잘 되지 않았다. 애초에 남편은 경제 개념이 조금 부족한 편이기도 했다.

그러다 보니 나는 언젠가부터 가장이라는 무거운 짐을 지고 있었다. 아이들을 가르치는 일이 적성에 맞긴 했지만, 먹고살기 위해 하는 일이기에 부담감이 크게 느껴졌다. 내가 좋아서 하는 일이었지만 학교 현장에 있다 보면 자존감이 추락하는 경험을 자주 마주했다. 매 분기 신청자를 확인하는 날, 지난 분기보다 신청자가 적으면 내가 잘못 가르친 게 아닐까 하는 자괴감이 들었다. 매년 면접을 보며 평가받는 것도 큰 스트레스였다.

남편과의 관계도 점점 악화되었다. 남편은 부모님을 끝까지 모시지 못한 것에 대한 자책감 때문에 스스로를 괴롭혔고, 그 감정은 고스란히 나에게 표현되었다. 더욱이 내가 가장 노릇을 하다 보니 남편이 느끼는 심적 부담감도 있었을 것이다. 나의 40대는 이러한 삶의 상처들로 짙게 묻어 있었다. 그럼에도 나의 50대는 뭔가 의미 있고 특별한 삶을 살 수 있을 거라 굳게 믿었다. 그게 무엇인지 구체적이진 않지만, 그저 먹고살기 위해서 아등바등 살기보단 내가 진정 원하는 삶을 살 수 있을 것만 같은 기대감을 늘 마음속에 품고 있었다.

그렇게 쉰 살이 되었고, 그해 2월에 나는 운명처럼 전국방과후강사권익실현센터를 시작했다. 내 삶의 원천은 꿈을 꾸는 것이었다. 나는 힘든 현실 속에서도 밝은 미래를 꿈꾸었다. 변화하고 성장하는 내 모습을 기대하며, 결코 나를 포기하지 않으려 노력했다. 이러한 과정에서 스스로를 일으켜 세웠고, 더 나아가 세상을 향해 선한 영향력을 끼치고자 노력했다.

노동조합 일을 하면서 많이 듣는 질문이 있다.

"전국을 그렇게 자주 돌아다니고 삭발을 두 번이나 했는데, 남편이 노조 일을 싫어하진 않나요?"

그러면 나는 답변한다.

"아니요. 오히려 노조 일을 하면서 남편과 관계가 더 좋아졌어요. 남편은 제가 노조 일하는 걸 많이 도와줘요."

2015년 8월 22일, 국회의사당 국회 토론회에 남편과 아이들이 참석했다. 여러 명의 국회의원이 그 자리에 있었고, 내가 수백 명의 강사 앞에서 당당하게 발제하는 모습을 식구들이 함께 지켜보았다. 남편은 그날의 내 모습이 몹시 낯설고 특별하게 느껴졌다고 했다. 지난날처럼 별것도 아닌 것으로 싸우기보다는 내가 하는 일을 지지하고 도와주기로 마음을 바꿨다고 했다. 덕분에 노조를 시작한 이후 남편과의 불화는 거의 일어나지 않았다. 아이들 역시 엄마가 하는 일이 어떤 의미가 있는지 조금씩 알아가고 이해하기 시작했다.

어느새 노조를 시작한 지 6년이 되었고, 나는 50대 중반이 되었다. 2020년 코로나19를 맞이하여 우리 노조는 방과후강사라는 직군을 언론에 열정적으로 알렸고, 우리의 처지를 정부 부처에 호소했다. 노조의 활약으로 특고프리랜서 지원금을 받게 되었고, 전국노동자 대회도 무사히 치를 수 있었다. 또한 477일 만에 노조필증을 교부받았고, 산재보험

없이도 시행령으로 고용보험 적용을 받게 되었다. 조합원은 몇 개월 만에 무려 2.5배 증가했다.

꿈이 현실이 되기 위해서는 숱한 인내가 필요하다. 또한 특별하고 의미 있는 삶을 이루기 위해서는 반드시 실천과 노력이 뒤따라야 한다. 6년 동안의 내 삶은 질곡의 연속이었지만, 예전에는 꿈만 꾸던 것들이 하나둘 현실이 되어가고 있음을 느끼고 있다. 그렇기에 나는 노조 활동을 시작한 걸 결코 후회하지 않는다. 꿈을 꾸는 사람은 자신을 변화시키며, 더 나아가 세상을 변화시킨다고 굳게 믿기 때문이다.

노조필증과 삭발식

2019년은 ILO(International Labour Organi-
zation)가 생긴 지 100주년인 해다. ILO는 국제노동기구의
약자로 각국의 근로조건을 개선하고 노동자의 지위를 향상
시켜 세계 평화에 공헌하자는 목적으로 설립된 국제기관이
다. 2019년, 당시 정부는 ILO 100주년을 맞이하여 국무회
의에서 ILO 협약 비준안을 의결했다. 협약 비준은 결사의 자
유, 단결권 보호 협약 등이 있다. 우리나라의 노동 정책은 그
야말로 시대를 역행하는 후진국형 수준에서 벗어나지 못하
고 있다. 산업의 변화와 노동자의 의식 수준에 걸맞게 노조
법은 당연히 개정되어야 마땅하다. 정부는 이러한 사회 분위
기를 반영하여 법외 노조로만 인정했던 교원노조나 공무원
노조를 정식 노조로 인정했다.

2019년 6월 10일, 방과후강사노동조합은 고용노동부
에 노조필증을 신고했다. 노조필증은 허가제가 아닌 신고제
이기 때문에, 통상 신고 후 3일 안에 필증이 나와야 한다. 그

럼에도 전국방과후강사 노조필증은 특수고용직이라는 이유로 6개월이 지나도록 나오지 않았다. 필증을 위해 내가 한 진술만 너덧 차례, 거기다 비조합원 진술, 방과후학교 담당 선생님 진술, 행정 실무사 진술 등 진술과 노동자임을 증빙하는 서류 100가지를 고용노동부에 제출하기도 했다.

2019년 11월 19일, 우리는 삭발식과 기자회견 일정을 잡았다. 나는 삭발식에 나와줄 수 있냐고 작은아이에게 조심스레 물었다. 당시 작은아이는 수능을 치른 지 불과 5일밖에 지나지 않았다. 남 앞에 나서는 것을 싫어하는 아이라 크게 기대하지 않았다. 딸은 생각지도 않게 삭발식 기자 회견에 나오겠다고 흔쾌히 대답했다. 더군다나 그날은 마지막 기말고사를 치르는 날이었다. 만약 재수를 하게 되면 기말고사 성적이 내신에 반영이 되는 상황이었다. 그렇기에 삭발식에 나와 시험 점수 빵점을 맞으면 여러모로 골치 아플 수 있었다. 작은아이는 그런 손해와 위험을 모두 감수하며 삭발식에 나와서 편지를 읽었다.

안녕하세요?

저는 며칠 전 수능을 친, 파주 운정고등학교 3학년 권지연입니다.

방과후강사노동조합 위원장의 작은 딸이기도 합니다.

오늘 엄마가 삭발식을 한다고 해서

학교도 가지 않고 이곳에 왔습니다.

엄마가 왜 머리카락을 잘라야 하는지

저는 정확하게 잘 이해하지 못 합니다.

엄마는 제가 유치원에 다닐 때부터

방과후강사를 하셨습니다.

몇 년 전부터는 노동조합이라는 걸 만든다고

분주하게 사는 모습이 예전의 평범한 엄마와는

사뭇 다른 게 분명합니다.

노동조합 일을 시작한 지 3년이나 되었는데

그 일을 인증하는 필증을 못 받아서

머리카락을 자른다고 들었습니다.

노조가 맞는데 왜 필증을 안 주냐고 물었더니

엄마 같은 사람들은 개인사업 하는 사장님이라 하면서

노동자로 분류하지 않는다고 합니다.

우리 엄마는 학교에서 방과후 논술을 가르치는 선생님이

지, 결코 사업을 하는 사장님이 아닙니다.

학교에서 교육하는 사람인데 왜 사업이라 하는지

저는 도무지 모르겠습니다.

194

저는 그 사실을 모든 분에게 말씀드리고,

엄마에게 힘내라는 말을 꼭 전하고 싶어

이 자리에 오게 되었습니다.

저는 엄마가 머리카락 자른 모습을

상상도 못하고 살았습니다.

그러나 전국의 수많은 방과후강사를 위해

한 치의 망설임도 없이 이 추운 날 머리카락을 자르는

엄마의 당당한 모습을 평생 잊지 않겠습니다.

비록 엄마의 예쁜 머리카락은 잘려 나가지만,

노동자의 권리를 위해 살아가는 엄마를 항상 응원합니다.

엄마, 힘내세요~

2019년 11월 19일

지연이가

p.s

다행히 작은딸은 그해 정시를 치르지 않고, 수리논술로 무사히
대학에 입학했다. 만일 재수를 했다면 내가 아이에게 얼마나
큰 빚을 지게 되는 것인지, 지금 생각해도 아찔한 순간이다.
노조 간부의 일상은 본인뿐 아니라 때로는 가족들의 이해와
배려, 수고로움이 필수적이다.

여의도 국회 앞 농성장 일지

2016년 8월 23일, 전국방과후강사권익실현센터는 방과후학교 관련 법안을 촉구하는 천막 농성을 여의도 국회 근처에서 2주간 진행했다. 말로만 듣던 농성을 시작하면서 여러 고민이 내 머릿속에서 전선 회로처럼 복잡하게 작동했다. 집을 비우는 동안 가족들은 나 없이도 잘 지낼 수 있을까. 여름인데 샤워는 어떻게 하나. 농성을 해도 우리의 요구가 전달이 되지 않으면 어떻게 할까.

농성을 하는 동안에도 자동차는 꼭 필요했다. 가끔 사무실이나 집에도 가야 했고 외근이 자주 생길 게 분명했기 때문이다. 나는 주차를 하려고 주차장을 알아보았다. 사무실이 집중되어 있는 여의도의 주차비는 엄청나게 비쌌다. 할수 없이 영등포까지 가서 주차장까지 알아봤다. 붉은 태양이 빌딩 숲 정중앙에서 작열하며 열기를 쏟아내는 시간이었다. 나는 주차장을 찾기 위해 이리저리 발품을 팔고 다녔다. 어느 주차장 관리 아저씨는 내가 농성을 한다는 사실을 알고는

"국가는 아이가 한 명 태어나면 무조건 책임지고 교육을 시켜야 하는 의무가 있지" 라며 내 활동을 적극 응원해줬고, 좋은 조건으로 차를 맡아주었다.

나와 함께 농성을 하는 사무국장은 다리 인대가 늘어나서 며칠째 고생 중이었다. 농성을 준비하느라 거대한 몸으로 절뚝거리며 쫓아가는 뒷모습이 한없이 안쓰럽게 다가왔다. 얼마 전 전국방과후강사권익센터 1주년이었는데, 기념일을 챙길 여유도 없었다. 감회가 새로웠다. 1년 동안 나름대로 열심히 달려왔으니, 오늘의 농성이 새로운 도약의 시작이 될 거라 나는 굳게굳게 믿는다.

농성장은 국회 근처 도로에 자리 잡았다. 농성 천막 바로 앞이 큰 도로라 자동차 소음이 상상을 초월한 만큼 시끄러웠다. 드디어 잠자리에 들 시간, 낮에 천막 보수 공사를 한 덕분에 아늑한 느낌이 들었지만, 과연 노상에서 잠을 잘 수 있을지 걱정되었다. 우선 나는 모기가 들어오지 못하도록 천막 이음새를 원천봉쇄한 뒤 천막 안으로 들어갔다. 김용연 국장은 나를 지키기 위해 천막 입구에 1인용 텐트를 치고, 거기서 쪼그려 새우잠을 잤다.

담담하게 잠을 청해봤다. 시간은 11시가 넘어 지나가는 행인들의 발걸음도 뜸했다. 자동차의 써치 라이트가 계속 여기저기서 뿜어져 나왔다. 밤공기라 해도 후덥지근한 열기는 좁은 천막 안을 더욱 답답하게 채웠다. 배가 아파서 학원에 못 가고 바로 집으로 왔다는 고등학생 큰아이의 전화 통화가 떠올라 자꾸만 머릿속에 맴돌았다. 온종일 땀을 흘렸지만 샤워할 곳이 없어서 대충 세수만 했더니, 온몸이 찝찝해서 쉽사리 잠이 오지 않았다.

어느새 새벽 1시 30분. 잠을 자려고 노력했지만 좀처럼 잠이 오지 않았다. 갑자기 배가 찌르르 찌르르 송곳으로 찌르듯이 아프기 시작했다. 화장실에 가야 하는 신호였다. 불행히도 지하철 화장실을 사용하지 못하는 시각이다. 나는 아픈 배를 부여잡고 천막을 나와 이곳저곳을 뛰어다녔다. 한참을 불빛이 켜져 있는 건물을 찾아다니다 드디어 호텔을 발견했다. 나는 곧장 프런트로 가서 호텔 직원에게 사정을 이야기했다. 다행히 호텔 직원은 로비에 있는 화장실을 사용하라고 허락했다. 나는 안도의 한숨을 쉬며 볼일을 보고, 다시 천막으로 돌아왔다. 새벽 2시. 사람들이 지나다니는 발자국 소리, 윙윙거리며 날아다니는 모기들, 자동차의 날카로운 소음, 그리고 무더위 때문에 계속 뒤척이다 결국 3시가 넘어서 잠이 들었다.

아침 7시에 눈을 떴다. 화장실도 급했고 세수도 해야

했다. 나는 비누와 수건을 챙겨서 지하철 화장실로 향했다. 지하철 안에는 잘 차려입은 직장인들이 출근을 서두르며 총총걸음을 옮기고 있었다. 그들의 눈에 수건과 비누를 들고 화장실에 들어가는 내가 어떻게 비칠까 생각하니 슬금슬금 웃음이 나왔다. 지하철 화장실에서 모든 볼일을 해결하고 천막에 앉아 있으니 지나가는 노숙자가 친근하게 손을 흔들었다. 나도 덤덤하게 그에게 손을 흔들었다. 모든 것들이 나에게 낯설고 어색하게 다가왔다. 다만 힘들다고 말하고 싶지 않았다. 누군가가 나서야 세상이 바뀐다. 방과후강사의 고용 환경을 바꾸기 위해서라면 이보다 더한 힘듦도 견뎌야 했다. 그러니 지금은 결코 힘들다고 말하면 안 된다. 세상은 꿈꾸는 자의 것임을 굳게 믿는다. 나는 오늘도 피켓을 챙기고 국회를 향해 힘 있고 씩씩하게 걸어갔다. 아침 선전전을 시작할 시간이다.

유은혜 교육부 장관님께

너무도 길게 느껴지는 여름 무더위가 이제 태풍에 밀려서 가을을 재촉하고 있습니다. 지금쯤이면 전국의 방과후강사들은 2학기 개강으로 한참 분주했을 것입니다. 교구와 교재를 주문하고 학교에 제출할 서류를 작성하느라 정신없는 날을 보내고 있었겠죠. 그러나 12만 방과후강사들은 연락한 통 없는 학교로부터 혹시라도 수업 관련 연락이 오지 않을까 싶어 애타는 마음으로 기다리고 있습니다.

유은혜 장관님.

방과후학교는 특기적성으로 시작해 25년이 넘게 운영해온 학교 교육의 일환입니다. 방과후강사라는 직종은 우리가 요구한 게 아니라 정부가 만든 것입니다. 그런데 정규직이 아니라는 이유로, 수익자 부담이라는 이유로, 이번 코로나 확산으로 인해 8개월 동안 수입이 0원이 되어도 교육부는 책임이 없다고 합니다. 수익자 부담이 아닌 농산어촌강사나 특수학교 방과후강사들은 교육청과 계약을 맺었고 이미 예산이 잡혀 있는 상태입니다. 그럼에도 교육부는 강사료를 전혀 보전하지 않고 있습니다. 수업을 하지 않았다는 이유입니다. 우리는 8개월 동안 다른 일도 못하며 학교와의 약속을 지키기 위해 오직 수업할 날을 기다렸습니다. 코로나19 바이러스가 확산되는 걸 막기 위해 누구보다 방역을 철저히 지켜 왔습니다. 지금까지 방과후강사가 확진된 사례가 없는 것만 봐도 충분히 알 수 있는 사실입니다.

저희 방과후강사 중에는 어린 세 아이와 암에 걸린 부인을 책임지는 가장이 있습니다. 이 강사님은 혼자서 세 아이를 양육하며 밤에는 부인 병간호를 합니다. 그러면서 간신히 시간을 내, 지난 7월 진행되었던 교육청 집회 피케팅에 참여하기도 했습니다. 아이들을 맡길 곳이 없어서 차 안에 아이를 남겨둔 채, 절박한 심정으로 피케팅에 참여했습니다.

저는 오늘 어느 조합원의 부고장을 받았습니다. 방과후수업이 속히 재개되어 아이들에게 돌아가고 싶어 하던 강사님이었습니다. 그렇게 수업을 간절히 기다리던 강사님은 결국 그 소망을 이루지 못 하고 오늘 눈을 감았습니다. 그래서 오늘은 더욱 슬프고 아픈 날이었습니다. 또 어느 강사님은 작년에 이혼해서 홀로 아이 둘을 키우고 있는데, 도저히 지금 상태로 살아갈 자신이 없다고 합니다. 더 이상 버틸 수 없어서, 정말 죽을지도 모르겠다며 저에게 문자를 보냈습니다.

맞습니다. 코로나로 죽으나 굶어 죽으나 죽기는 매한가지입니다. 이런 상태가 계속된다면 코로나로 죽기 전에 굶어 죽을 가능성이 많을 거라 확신합니다. 그런 상황이 오더라도 교육부는 저희 방과후강사들이 수익자 부담이기 때문에, 비정규직이기 때문에 책임질 필요가 없다고 하시겠습니까?

이번에 저희가 보내드린 창원KBS의 〈감시자들〉이라는 시사프로를 장관님도 보셨겠지요. 12만 방과후강사는 공공근로도 하고 화장실 청소도 하고 식당알바도 하면서 간신히 버티고 있습니다. 그러나 학교도 교육청도 교육부도 방과후강사들에 대한 최소한의 배려나 보장을 하지 않고 있습니다. 교육부에서 만든 일자리는 학부모나 퇴직한 교원들, 교직 이수자들에게 주어지고 있으며, 방과후강사들은 늘 우선순위에서 밀려나고 있습니다. 그리고 장관님께서 체결하신 300만원 대출은 다른 은행권에 기 대출이 있으면 자격이 되지 않습니다. 장관님께서는 은행에 대출이 전혀 없으신지 되묻고 싶습니다. 과연 교육부 담당자들은 그런 내부 조건에 대해 면밀히 알아보고 MOU를 맺으셨는지 궁금합니다.

지난 교육감협의체 간담회에서 교육부 연구관이 방과후강사들을 위해 일자리를 만들었다고 했습니다. 알고 보니 '기초학력도우미'라는 일자리였습니다. 그런데 경기도는 온라인 학습도우미를 했던 사람은 지원을 못 한다면서 이미 합격을 전달한 강사에게 뒤늦게 계약 취소를 통보했다고 합니다. 무엇 하나 제대로 된 대책이 없습니다. 올해 수업을 못 했으니 2021년에는 계약을 연장해 달라는 요구 역시, 교육부에서 공문을 보냈다고 했음에도 불구하고 교육청은 그렇게 할 수 없다는 입장입니다.

방과후강사들은 학교에서 엄연히 공교육의 일환으로 아이들의 성장을 위해 25년을 가르쳐 왔습니다. 아이들에 대한 사랑과 자부심은 비정규직이라고 해서 덜하진 않습니다. 바이러스는 사람을 차별하지 않는데, 교육부와 교육청은 왜 사람을 차별을 하는 건지 궁금합니다. 코로나가 시작된 3월에도 온통 돌봄에만 집중되었고, 방과후학교에 대한 대책이나 정책은 없었습니다. 교육부의 모든 정책 우선순위에 방과후학교는 빠져있고, 언제나 마지막이 방과후학교입니다. 그러면서도 공교육의 정상화를 부르짖거나 교육감 선거가 있을 때마다 방과후교육을 강화하고 확대하겠다고 합니다. 하지만 언제나 그래왔듯, 선거가 끝나면 방과후강사들의 처우에 대한 개선책은 없었습니다. 저희는 사회 안전망이나 법적 장치에서도 제외되어 있습니다. 비정규직의 백화점이라는 학교의 노동자들, 그중에서도 유일한 공적 영역의 특수고용직은 바로 방과후강사들입니다.

유은혜 장관님.

저희는 유령이 아닙니다.

이런 식으로 방과후강사들을 차별하고 유령 취급을 하신다면 차라리 방과후학교를 없애주시길 바랍니다. 그래서 수업을 마치고 학교를 나온 우리 아이들이 학원을 가든지, 피시방을 가든지, 노래방을 가든지 돌봄과 학습에서 벗어난 사각지대를 만들어 보시길 바랍니다. 교육부의 생색내기에만 이용하기보단 진심으로 방과후학교의 발전과 강사들을 위한 구체적인 대책을 세워주시기를 바랍니다.

'코로나19 이후'라는 시대사적 패러다임의 전환 앞에, 방과후학교의 근본적인 제도 개선이 없다면 저도 방과후강사노동조합 위원장으로 존재할 이유가 사라집니다. 코로나19로 인해 장관님께서 그 누구보다 바쁘고 힘들다는 건 알고 있습니다. 그러나 12만 명이나 되는 전국 방과후강사는 한 치 앞의 미래도 없는, 당장 내일의 생계조차 보장되지 않는 이 땅의 유일한 공교육 노동자입니다.

유은혜 장관님.

오늘은 교육부가 간담회를 하자고 연락이 왔습니다. 장관님 지시라는 걸 얼핏 듣고 장관님이 직접 참석하는 간담회라 알고 잔뜩 기대했습니다. 그러나 정작 장관님은 참석하지 않으셨고, 교육부 국장, 과장, 방과후담당 연구관만 다시 만났습니다. 그때마다 저는 같은 말을 세 번이나 반복해야 했습니다. 이런 간담회가 무슨 의미가 있을까요? 차라리 녹음기를 틀어놓는 게 좋을 거 같습니다.

우리 방과후강사노조가 전교조, 학교비정규직노조보다 조합원 숫자가 작아서 혹은 노조필증도 없는 특수형태 고용이라서 장관님과의 면담은 언감생심일 뿐인가요? 방과후학교 25년 역사의 오랜 질곡 속에서 오직 수익자 부담 비정규직이라는 이유 하나로 저희 강사들은 학교에서 외부인으로, 유령처럼 숨죽여 지내왔습니다. 12만 방과후강사가 외치는 절규에 이번에는 꼭 직접 답변을 주시길 바랍니다.

2020년 9월 9일

교육부 장관 집 앞에서 피케팅

코로나19로 인해 전국의 방과후강사는 공식적으로 2월 말부터 수업을 못하고 있다. 경기도는 1년 중 10개월만 수업을 하고 겨울 방학에는 거의 수업을 하지 않기 때문에, 사실상 2020년 1월부터 수업을 못하고 있는 셈이다. 강사 대부분은 2020년도 계약서를 쓴 상태이다. 이미 계약서를 썼고 수업이 재개되면 언제든지 학교에 나가야 하기 때문에 다른 일자리를 구하지도 못 한다. 혹시 시간제 아르바이트를 하다가 코로나에 감염될지도 모른다는 염려 때문에 마냥 집에서 기다리는 강사들이 많다.

나는 이런 상황을 그냥 두고 볼 수 없었다. 고민 끝에 유은혜 교육부 장관과의 면담을 요구하기 위해 장관 집 앞에서 피켓을 들기로 했다. 3월이지만 새벽 기운이 살을 에듯 날카롭고 차가운 날이었다. 출근하기 전 새벽 공기를 가르며 홀로 선전전을 하는 것은 쉬운 일이 아니었지만, 선택의 여지가 없었다. 다행히 장관의 자택은 내가 사는 곳에서 차로 10분 거리에 있었다. 그렇게 나는 새벽 6시부터 7시까지 장관 아파트 입구에서 혼자 피켓을 들었다. 며칠이나 그렇게 서 있었지만, 장관 차는 지나가지 않았다. 나중에 알게 된 일이지만, 장관은 세종 청사로 출근하기 위해 새벽 5시 정도에 집을 나섰다고 했다.

이른 아침이라 지나가는 차도 거의 없고, 지나가는 사람도 만나기 힘들었다. 아파트를 관리하는 경비 아저씨나 강아지를 데리고 산책을 하는 사람만 간간이 눈에 띄었다. 나는 피케팅하는 사진을 찍기 위해 남편과 딸에게 촬영을 부탁했다. 그러다 어떤 날은 몸살이 나고 혈압이 올라서 도저히 피케팅을 할 엄두가 나지 않았다. 할 수 없이 이번에 입시를 치루고 밤새 놀다가 아침에 잠이 들던 작은아이에게 피켓을 들어달라고 부탁했다. 아이는 당연하다는 듯 혼자서 피켓을 들었고, 나는 차 안에서 그 모습을 안쓰럽게 지켜보았다. 일산이나 파주 등 근처에 살고 있는 방과후강사들이 몇백 명이 있는데, 내가 아픈 날이라도 함께 피켓을 들어준다면 얼마나 힘이 될까? 그런 생각이 간절했다.

일주일 동안 피케팅을 해도 장관을 만나지 못해서, 주말에는 장관 집 앞에서 농성을 해야겠다고 마음먹었다. 장관을 못 만나더라도 장관님 가족이라도 만나겠지 하는 마음으로 피켓팅을 시작했다.

　　나는 방과후강사들이 소통하는 SNS에 장관 집 앞에서 농성한다는 공지를 올렸다. 그런데 어떻게 하다 보니 나는 약속한 시각보다 한 시간을 넘겨 농성을 시작했다. 내가 올린 공지를 보고 천안에서 조합원이 다녀갔다는 소식을 나중에 알게 되었다. 조합원의 마음도 얼마나 애가 탔으면 새벽길도 마다하지 않고, 이곳까지 달려왔을까? 내가 시간을 지키지 않아 조합원의 얼굴도 못 본 것이 못내 미안했다.

　　그날따라 꽃샘바람이 몹시 차가웠다. 토요일 오전에 장관 집 베란다가 보이는 정면에 돗자리를 펼쳤다. 온종일 피켓을 들고 앉아 있으니, 장관의 시어머니와 남편이 농성하는 곳으로 내려왔다. 장관은 오늘도 새벽에 나갔다고 했다. 장관의 시어머니는 팔순이 넘은 연세로 허리도 잘 펴지 못할 만큼 연로했다. 내가 하루 종일 추운 날씨에 피켓을 들고 있는 것이 안쓰러웠는지 음료수도 가져다주시는 등 마음을 써주었다. 나중에 안 사실이지만 내가 경상도 사투리를 심하게 사용하는 것을 보고 대구에서 올라온 길이라 생각해 더욱 마음이 쓰였다고 한다. 장관 남편은 곧장 지역 보좌관에게 연락했다. 이내 지역 보좌관이 부리나케 나에게 달려와, 장관의 정책 보좌관과 만날 수 있도록 주선을 해주었다.

그 덕분에 한 달이 지난 후 우리 노조는 교육부와 면담을 가질 수 있었다. 그 자리에서 방과후강사의 상황과 고충 그리고 요구 조건을 전달했다. 코로나로 인해 수업을 못 하는 동안 돌봄 교실과 원격 도우미, 방역 등의 일을 방과후강사들이 할 수 있었던 것도, 강사들이 대출을 받을 수 있었던 것도 당시 면담에서 요구했기 때문이다. 비록 유은혜 장관은 그 자리에 나오지 않았지만, 몇 달 뒤엔 온갖 노력 끝에 장관과 직접 면담을 하기도 했다. 절박함이 만든, 소중한 기회였다.

제주 농성 일지

제주교육청 마당에 설치한 텐트에서 일어나자마자 세면도구부터 챙겼다. 출근 차량이 오가는 도로를 건너 제주도청 화장실로 향했다. 제주교육청은 코로나를 핑계로 외부인은 절대 안으로 들어올 수 없다며 실외 화장실도 잠근 상태였다. 제주 사람들은 요 며칠이 가장 추운 날씨였다며, 텐트 농성을 하는 나를 몹시 걱정했다. 나는 추위보다는 멀고도 먼 화장실 다녀오는 게 더 힘들었다. 어제 새벽 2시에도 찬바람을 맞으며 화장실에 갔다 오니 잠이 저만치 달아나서, 제대로 잠을 이루지 못했다.

제주에 내려온 지 벌써 5일이 지났다. 청정지역이었던 제주도는 최근 며칠간 코로나19가 확산되며 곳곳에 퍼져나가고 있었다. 코로나 확진자가 학교 현장에서 속출하자 방송국 기자들이 제주교육청을 수시로 드나들어서, 교육청 앞은 온종일 어수선했다. 오늘도 서울의 날씨는 영하 10도라며 뉴스마다 헤드라인을 장식하고 있었다.

아침 선전전은 정책국장님, 축구 선생님과 함께했다. 오늘도 어김없이 공무직 노조 동지들이 교육청 입구에서 선전전을 하고 있어 든든함은 배가 되었다. 도청 앞에서는 제2 제주공항 건설을 반대하는 선전전이 확성기로 퍼져 나와서 아침의 고요를 일순간 깨우고 있었다.

아침 선전전을 마치고 축구 선생님과 컵라면을 나눠 먹었다. 나는 원래 컵라면을 좋아하지 않았지만 이른 시간에 식당을 여는 곳도 마땅치 않았고, 무엇보다 축구 선생님이 시장할 거 같아 함께 컵라면을 먹은 것이다.

오전 11시, 기자회견을 진행했다. 제주에 내려와 조합원 단톡방을 만든 이후 제주 조합원들의 목소리와 관심이 잘 모이고 있어 그나마 다행이었다. 이번 기자회견에는 제주 조합원이 열 명 넘게 참석했다. 코로나가 극성을 부리는 상황을 고려하면 조합원들의 열의가 뜨겁다고 볼 수 있었다. 어제 제주교육청과 면담을 진행하였지만, 그 실망감은 이루 말할 수 없었다. 오늘 급하게 기자 회견을 진행하게 된 배경은 제주교육청의 태도 때문이었다. 담당과장은 방과후수업 운영에 대해 아무것도 몰랐다. 담당 장학사는 우리 질문에 대한 성실한 답변을 피하고, 의미 없고 같은 말만 무한 반복했다. 이에 제주교육청의 태도를 규탄하는 기자 회견을 하루 만에 준비하게 된 것이다.

기자회견 때 정책국장님은 갑자기 오늘이 내 생일이라고 많은 사람 앞에서 말했다. 그렇다. 오늘은 내가 태어난 지 55년 되는 날이다. 우리 농성장을 하루에도 몇 번씩 드나드는 담당 정보관이 그날 오후에 인절미 케이크를 사 들고 왔다. 외모가 연예인급으로 출중한 정보관님은 부인이 방과후 강사라서 우리를 대하는 마음 씀씀이가 남달랐다. 나처럼 정보관에게 생일 케이크를 받는 경우는 무척 드문 일일 것이다.

기자 회견 후 제주교육청 노무사가 우리 노조와 협상하기 위해 농성장을 찾아왔다. 제주교육청의 '방과후수업 축소 정책'이 바뀌지 않으면 나는 결코 그들이 제시하는 얕은 수작에 넘어가지 않을 것이다.

저녁 5시, 제주지부의 내부 문제가 발생한 지 두어 달이 지났다. 갈등을 겪었던 간부들이 오늘 처음으로 모여서 허심탄회하게 이야기하기로 했다. 나는 저녁 선전전도 포기하고 정책국장과 함께 그 자리에 참석했다. 지나간 이야기를 하다가 제주 간부 한 사람이 화산폭발과 같은 분노를 표출하며 그 자리를 박차고 나가버렸다. 다른 간부도 켜켜이 참았던 억울함에 온몸을 떨며 눈물을 흘렸다. 하나의 지부가 세워지는 과정에는 언제나 인간관계의 갈등이 존재한다. 그 갈등이 해결되지 않으면 결국은 당사자의 고통과 분노가 조직 자체를 무력화시키는 경우가 허다하다. 나는 제주교육청과의 투쟁도 필요했지만 간부들의 갈등을 풀려고 제주 농성을 결심한 것이었다. 마치 풀 수 없는 실타래를 마주한 지금의 현실을 어떻게 수습할 것인지 막막하기만 했다. 다행히 노련한 정책국장님의 중재로 그 자리에 있던 간부들은 극적으로 화해를 했다.

국장님은 그날 저녁 비행기를 타고 서울로 간다고 했다. 그런데 국장님은 내 생일을 혼자 보내게 할 수 없다며 기어이 나를 식당에 데리고 갔다. 제주도는 그날부터 거리두기 2단계를 실시하고 있어서 모든 식당이 9시에 문을 닫는 상황이었다.

식당에서 늦은 저녁 식사를 하다 보니 휴대폰 문자를 뒤늦게 확인했다. 조합원이 저녁 선전전에 참석하려고 교육청 농성 텐트에 왔다고 했다. 그러다 내가 없어서, 자기들끼리 선전전을 진행하고 집에 갔다고 했다. 네 아이를 홀로 키우는 마음 예쁜 조합원은 케이크를 사다 놓고 간다고 했다. 5살, 6살 꼬맹이 둘이 나에게 생일 축하 노래를 불러주려고 농성장에 들렀는데, 어쩔 수 없이 그냥 간다는 내용도 덧붙여져 있었다. 나는 그 문자를 보고 눈물이 찔끔 났다. 국장님은 살갑게 나에게 말했다.

"위원장님, 생일을 이렇게 보내서 어떻게 해요?"

"생일이 별거 있어요? 이렇게 살아 있는 매일 매일이 생일이죠."

농성장에서의 하루하루는 글로도 말로도 표현할 수 없는 삶의 신산함이 가득하다. 그 하루의 끝을 이렇게 마무리하니, 커다란 감동이 물결처럼 밀려왔다. 내일은 또 내일의 태양이 떠오를 것이다. 그날도 나는 생일을 맞을 것이다. 치열하고 짱짱한 살아있는 생일을.

위원장님, 정치하려고요?

노동조합 일을 하면서 주변 사람들에게 많이 듣는 질문이 있다.

"위원장님, 노조 일 하시다가 나중에 정치하려고 그래요?"

"아니요. 저는 정치는 관심도 없고, 그럴 만한 능력도 안 됩니다."

처음 이 질문을 들었을 때 기분이 매우 언짢았다. 노동운동을 하는 나의 순수한 의도를 사람들은 마치 정치를 하기 위한 수단이나 과정으로 생각하는 것 같았다. 내 개인적인 생각으론 정치는 특별한 사람들이 하는 아주 특별한 것이라 여겼다. 나는 특별한 사람도 아니고 '정치'는 매우 복잡하고 어려운 것이라는 선입견도 있었다. 나는 그게 잘못된 생각이라는 걸 금방 깨닫게 되었다.

나는 몇 년 동안 노조를 알리기 위해 전국을 돌아다니며 간담회에 참석해 달라고 강사들에게 호소했다. 1,000여 명에게 문자를 보내고 전화를 해도, 그날 10명만 모이면 성공적인 간담회였다. 전국교육공무직 조합원으로 활동하다가 비례대표로 경기도 도의원이 된 분이 있는데, 학교 비정규직 중하나인 사서로 일했던 경력이 있었다. 그는 나처럼 발품을 팔거나 일일이 문자를 보내지 않는 대신, 교육청을 통해 간담회에 참석하라는 공문을 보냈다. 도의원 요청으로 간담회가 열리면 방과후강사들은 불이익을 당하지 않으려고 모두가 참석하려 했다. 나는 도의원 공문 한 장으로 50~70명씩 방과후강사들이 간담회에 참석하는 모습을 가까이서 지켜봤다. 이후그는 방과후학교 운영 조례 제정까지 추진했다. 비록 도의회의 반대로 무산되었지만, 그가 도의원이었기에 조례 제정을두 번이나 시도할 수 있었던 셈이다.

방과후강사를 하면서 가장 힘든 건 방과후학교 관련법이 없어 겪게 되는 부당함이다. 방과후수업 운영과 관련한 모든 원칙은 학교장 재량이다. 그야말로 귀에 걸면 귀걸이, 코에 걸면 코걸이다. 앞서 이야기했던 것처럼 방과후강사는 부모님이 돌아가신 상황에서도 장례식에 가지 못하고 학교에사유서를 쓴 일이 있었다. 또한 교장의 지시로 별다른 이유도 없이 재계약을 진행하지 못해 억울하게 계약 해지를 당하는 경우도 있었다. 방과후강사들에게 사전 공지도 없이 학교

공사를 이유로 수업을 몇 달씩 휴강하는 것도 학교장 재량이었다. 이 모든 부당함을 막으려면 방과후학교 법안은 반드시 필요하다. 그럼에도 이 법안을 끝까지 책임지고 입법하기 위해 노력하는 국회의원이 지금까지 한 명도 없었다. 방과후학교가 운영되고 26년이 넘도록 법안이 제정되지 않은 것이다. 그 많은 교육 노동자 중에서 방과후강사는 항상 우선순위에서 밀려 있다. 만일 방과후강사 중에 국회의원, 도의원, 시의원이 나온다면 방과후학교를 위한 조례나 법안을 만드는 데 누구보다 최선을 다했을 거라 확신한다. 그래서 나는 노동자도 정치에 참여해야 한다고 생각을 바꾸게 되었다.

방과후강사도 2021년 여름부터 시행령으로 고용보험이 적용된다. 고용보험은 산재보험이 우선 적용되는 직군이어야 가능하다. 방과후강사는 산재보험 적용 직군이 아니지만 유일하게 고용보험을 적용받게 되었다. 아무튼 2020년 방과후강사들은 코로나19로 인해 사실상 실업 상태라는 사실이 만천하에 밝혀졌다. 여기에는 언론 보도가 큰 힘이 되었다. 그러나 방과후강사들이 고용보험을 적용받을 수 있었던 것은 진보당의 도움이 매우 컸다.

나는 지난 2020년 7월 24일 진보당사에서 열린 '특고(특수형태 고용)·플랫폼 노동자가 말하는 제대로 된 전국민

고용보험' 토론회에 방과후강사노동조합 위원장으로 참석했다. 이날 토론회에는 코로나 이후 생계가 막막해진 사각지대의 노동자들이 주로 모였다.

진보당의 전 국민 고용보험은 특수고용노동자 모두를 당연히 가입 대상으로 하는 것이 원칙이다. 또한 정부에서 검토하던 단계적 적용이 아니라 즉각적이고 전면적인 적용을 말하고 있었다. 나는 생계가 막막해진 방과후강사들에게도 고용보험이 당장 적용되어야 한다는 반가운 주장을 그날 처음 만났다.

결국 방과후강사노동조합의 이름으로 진보당과 함께 전국적 연대를 실천하게 되었고, 몇 개월간 투쟁한 끝에 정부가 지정한 14개 특고직종에서 제외되었던 방과후강사들도 고용보험 적용 직종에 포함되는 결과를 만들어낼 수 있었다. 진보당이라는 정치 공동체와 노조가 함께 했기에 가능한 일이었다.

노동자의 정치 세력화는 그래서 필요한 것이다. 누군가가 노동자를 위해 정책을 만들어 주길 기다리는 것은 쉬운 일이 아니다. 나는 정치인들이 비정규직이나 특수고용노동자를 위해 법을 만들어 주길 기다리기보다 우리 힘으로 정책을 만들고 더 나아가 직접 정치를 할 수 있어야 한다고 확신한다. 왜냐하면 기다림은 기약이 없고 신뢰할 수 없음을 누구보다 잘 알고 있기 때문이다. 우리가 믿을 수 있는 것은 스스로의 힘이다.

"위원장님, 정치하려고요?"

"네. 정치, 내가 아니더라도 방과후강사라면 누구든 해야지요."

방과후강사노동조합 소회

방과후학교는 여러 번 언급했듯 1995년 특기적성교육으로 시작해 25년 이상 공교육의 한 축으로 자리 잡았다. 전국에는 12만 명의 방과후강사가 학교에서 열심히 일하고 있지만, 그들은 특수고용직 혹은 프리랜서로 규정되며 어떠한 법적 신분 보호를 받지 못하고 고용불안을 떠안고 있다. 나는 전국 지역을 70여 차례 뛰어다니며 2015년 8월 22일 강사들을 모아 여의도 국회에서 국회 토론회를 개최했다. 그리고 그 자리에서 전국방과후강사권익실현센터가 발촉되었다.

그 후 2017년 2월 18일 전국방과후강사 노동조합으로 새로운 도약을 시작했다. 센터가 아닌 노조라는 이름으로 교육부와 전국의 17개 교육청과 면담을 추진했다. 2019년 6월 10일 노조필증을 서울고용노동부에 신고하였으나, 3일이면 나와야 하는 필증이 5개월이 지나도록 나오지 않았다. 나는 결국 노조필증을 촉구하는 1차 삭발식을 그해 11월 18일에 감행했다.

2019년 겨울부터 시작된 코로나19는 이듬해 2월 말부터 전국의 모든 학교의 방과후수업을 중지시켰다. 1년이 지난 지금까지 수도권 지역의 방과후강사들은 수업을 전혀 하지 못하고 수입이 0원인 채 살아가고 있다. 국민입법센터에서 연구한 자료에 의하면 방과후강사들의 월 평균 수입은 코로나 이전에는 216만 원이었는데, 코로나 이후는 월 17만 원이라고 한다.

그동안 전국의 방과후강사는 3월 5일부터 창원을 시작으로 본격적인 피케팅을 시작했다. 이후 각종 언론에서는 200회 이상 방과후강사의 생계 문제와 실직 상태가 보도되었고, 수차례의 기자회견으로 강사들의 현실적 구제 방안을 촉구하기도 했다. 그리고 나는 3월 18일부터 홀로 교육부 장관 집 앞에서 선전전과 농성을 하여 끝내 교육부 간담회를 하게 되었다.

이러한 노력으로 2020년 4월, 정부는 '지역고용대응특별지원금'을 발표했다. 그러나 방과후강사 직군이 포함되지 않는 것을 알게 되었다. 노조는 전국의 강사들에게 이 사실을 알리며 지자체 일자리 담당자와 고용노동부에 전화를 걸어 방과후강사들도 기금 대상자가 되도록 노력했다. 허나 그 자격이 지역의료보험 기준이라, 대부분의 강사는 기금을 받을 수 없었다. 이 문제를 해결하기 위해 기자회견, 을지로위원회 간담회 등 노조 차원에서 끊임없이 노력 및 투쟁을 했다. 다행히 '코로나19 프리랜서 지원금'이 발표되며 방과후강사 직군만 별도로 명시하는 결실을 보았고, 대부분의 강사가 특고(특수형태 고용)기금을 받게 되었다. 이후 방과후강사들은 1차, 2차, 3차, 4차에 걸쳐 긴급 지원금을 받게 되었다.

그러나 방과후강사직군은 여전히 법적인 사각지대에 놓여 있으며, 사회 안전망으로부터 철저하게 벗어나 있다. 이러한 현실을 온몸으로 겪으며 방과후강사도 전국민고용보험적용의 우선 대상자가 되어야 한다는 걸 이번 코로나 사태를 맞아 절실하게 인식하게 되었다.

한편 2020년 7월 초부터 경남 창원과 진주 지역에서 방과후강사 10~20여 명이 한 달 동안 매일같이 경남교육청과 진주교육지원청에서 선전전을 시작했다. 이에 전국에서도 2학기 방과후수업 재개와 생계 대책을 촉구하는 선전전이 7월 27일부터 서울, 경기, 강원, 부산, 광주, 울산, 경북, 충북, 세종, 거제, 통영, 옥천, 청주 등 전국 32개 지역에서 짧게는 3일부터 길게는 한 달 동안 긴 장마와 더위를 이겨내며 진행되었다.

코로나 확산 이후 노조는 3개월 만에 조합원 수가 600명에서 2,000명을 바라보게 되었다. 전국에 흩어진 12만 개 모래알이었던 강사들은 드디어 노조의 필요성을 깨닫게 된 것이다. 이들의 열망을 담아 2020년 8월 17일 방과후강사 전국 노동자 대회를 진행했다. 이날 나를 포함한 조합원 세 명이 2차 삭발식을 진행했다. 이후 우리 노조는 노조필증과 전국민 고용보험 적용이 가능하게 된 경험을 통해, 방과후강사들의 노동자성 인식 및 보편타당한 권리를 찾기 위해 앞으로도 더욱 전진할 것을 다짐한다.

기자회견문
우리도 나라가 있나요

개학이 여러 차례 연기되었고, 언제 개학을 할지도 불투명한 상황입니다. 다른 직종들은 코로나로 인해 수입이 줄어서 걱정이라고 하는데, 저희 12만 방과후강사는 2월부터 수입이 0원입니다. 고용노동부는 개인사업자인 특수고용직에게 '특별 기금'을 준다고 발표하였는데, 건강보험료를 기준으로 해서 경기도를 비롯해 대도시에 있는 강사 중 기금을 받을 수 있는 사람은 10%도 되지 않습니다.

방과후강사노조가 노조필증 신고를 한 지 10개월이 지났지만, 필증이 나오지 않아 교섭도, 단체 행동도 할 수 없습니다. 저희 강사들은 일자리를 잃어도 고용보험이 적용되지 않습니다. 그런 상황에서 받은 특고(특수형태 고용) 기금은 실질적으로 큰 도움이 되지 않는 현실입니다.

강사 중에는 남편 없이 아이를 키우며 가장 역할을 하는 분이 60%가 넘습니다. 이제 신용카드로 버틸 수 있는 상황도 한계를 맞이했습니다. 그래서 몇 달째 생계 수단을 잃은 강사들을 위한 생활자금을 대출받는 방법을 알아보기 위해 제가 직접 금융감독원에 달려갔습니다. '소상공인진흥공단1357'이라는 대출상품이 그나마 우리 직군이 받을 수 있는 조건에 가깝다고 합니다. 그런데 이 또한 몇몇 방과후강사는 개인사업자로 등록되어 있지 않아 자격이 안 된다고 합니다. 결론적으로 대한민국 그 어느 은행에서도 방과후강사에게는 대출금을 한 푼 주지 못하고 있는 상황입니다.

방과후강사들은 이제 영락없이 굶어야 합니다. 그래서 강사들은 임시방편으로 공장도 나가고 신문도 배달하면서 간신히 버티고 있습니다. 다만 방과후강사는 엄연히 이 나라의 교육노동자이자 한 집안의 가장입니다.

고용보험은 이런 법적 사각지대에 있는 우리 방과후강사에게 더욱 절실한 정책입니다. 이번 코로나 사태를 겪으면서 우리에겐 과연 나라가 존재하는가 되묻고 싶습니다. 방과후강사에게도 나라가 있다는 것을 증명해 주십시오. 우리에게도 생계 보호를 받을 수 있는 법적 제도를 마련해 주십시

오. 이 땅의 방과후강사들이 어떤 재난이 와도 국가를 믿을
수 있도록 정책을 마련해주길 간곡히 촉구합니다.

2020년 4월 16일 진보당과 함께

고용보험을 촉구하는 기자회견에서

간증문

안녕하십니까? 저는 YM목장의 김경희 집사입니다. 정말 오랜만에 주의 성전에서 예배를 보게 되었습니다. 코로나 이후 드리는 첫 예배의 귀한 간증 기회를 주신 이광하 목사님과 하나님 아버지께 영광을 드립니다.

저는 일산은혜교회의 가족이 된 지 15년이 되었습니다. 부산에서 시부모님 모시고 살다, 우여곡절 끝에 이곳 일산에 터를 잡았습니다. 저는 이광하 목사님에게 간증 요청을 받았습니다. 코로나19 때문에 용기를 낸 저의 이야기를 많은 사람에게 들려주면 좋겠다고 했습니다. 그렇게 저는 영광스럽게도 이 자리에 서게 되었습니다.

저는 학교에서 방과후수업으로 독서논술을 가르치는 일을 하고 있습니다. 최근 방송에서 많이 보도되어 아시겠지만, 코로나19로 개학이 여러 차례 연기되면서, 방과후강사들은 몇 달째 수입이 전혀 없습니다. 강사들은 대출도 못 받

기 때문에 쿠팡 알바나 시간제 알바 등을 하면서 개학할 날
만 손꼽아 기다리고 있습니다.

우리가 보통 인류의 역사를 기원전과 기원후로 나누지
않습니까? 그런데 요즘은 코로나 전과 코로나 후로 나눠졌
으며, 코로나 이후 모든 삶의 방식과 형태가 바뀌었다고 말
합니다. 그만큼 코로나바이러스는 위협적이며, 어느새 인류
의 커다란 재난으로 자리 잡았습니다.

최근 바이러스로 인해 우리나라에서 가장 바쁜 사람은
정은경 질병관리본부 본부장이라고 해도 과언이 아닌데요. 저
도 그분만큼이나 바쁘게 살았던 거 같습니다. 왜냐하면 방과
후강사의 어려운 현실을 세상에 알리며 이들의 생계 문제와
법적 신분이 개선될 수 있도록 최전방에서 활동했기 때문입
니다.

저는 5년 전, 12만 방과후강사를 위해 단체를 만들었
고, 3년 전에는 노동조합으로 변경하여 지금은 방과후강사
노동조합위원장으로 일하고 있습니다. 친목회 모임 회장도
안 해본 제가 노조를 만들기까지 그 모든 것은 하나님의 계
획 속에 있었기에 가능했습니다.

평범하지 않았던 결혼 생활과 경제적 가장 역할을 했던
현실이 굉장히 고통스러워서 신앙생활을 하는 중에 늘 하나

님을 원망하였습니다. 아이들에게 글쓰기와 역사를 가르치는 일이 즐겁기는 했지만, 생계를 위해 부딪치는 현장과 상황은 늘 부조리와 갈등이 뒤따랐고, 결국 저의 자존감은 나락으로 한없이 떨어지곤 했습니다. 그래서 남편에게 "여보, 방과후강사들한테 왜 노조가 없을까?"라는 말을 자주 하였는데, 우연한 기회로 제가 그 일을 시작하게 되었습니다. 12만 명의 방과후강사를 책임지는 자리였기에 대표직을 맡을 수 있을까 고민했지만, 당시 배오진 목사님이 하신 말씀이 생각나서 한 치의 흔들림도 없이 수락하였습니다.

목사님에게는 3명의 아들이 있었는데 막내가 중복장애로 태어났다고 합니다. 다만 목사님은 막내는 걱정거리가 아니라 오히려 하나님께서 본인을 신뢰하여 맡긴 귀한 자식이라 하셨습니다. 저도 12만 강사 중에 하나님께서 저를 가장 믿고 신뢰하여 맡긴 직분이라는 생각하게 되었습니다. 그 순간 이제까지 보냈던 어려운 시간이 하나님께서 나에게 약자를 바라보게 만들고 분별력을 키운 연단의 과정이었음을 깨닫게 되었습니다.

저는 노조를 만들면 많은 것이 해결될 거라 생각했습니다. 그러나 방과후강사는 비정규직에도 속하지 못하고 개인사업자로 분류되는 특수고용직이라는 사실을 노조를 하면서 알게 되었습니다. 특수고용직은 실제로는 노동자와 같은 일을 하지만, 계약 형태가 위·수탁 형태를 띠고 있어서 법적으로는 사업자 취급을 받습니다. 그래서 노조필증도 나오지 않았습니다. 저는 지난 11월 노조필증을 달라고 고용노동부 앞에서 삭발을 하였고, 그날 수능을 치른 작은딸이 삭발식에서 편지를 읽어서 언론의 주목을 받기도 했습니다.

코로나 사태로 인해 학습지 강사, 보험 설계사, 대리 기사 등 특수고용직의 열악한 처지가 언론에 거론되고 있습니다. 그중에서도 방과후강사는 유일하게 수입이 넉 달째 제로인 상황이라며 매일 같이 보도되고 있습니다. 그만큼 고용 형태가 열악하고 법의 사각지대에 놓여 있기 때문이 아닐까 싶습니다.

고용노동부는 지난 3월 특고(특수형태 고용직)노동자와 프리랜서들에게 한 달에 최고 50만 원씩 지원하는 특별 기금을 발표하였는데 그 직종에 방과후강사는 빠져 있었습니다. 그래서 저는 전국의 강사들을 동원시켜 지자체에 전화를 걸고 민원을 넣으며, 교육부와 교육청을 통해 모든 지역의 방과후강사들도 그 기금을 받을 수 있도록 노력했습니다. 당시 지원 자격이 건강보험료 기준이었는데, 대부분의 특고노동자는 지역 의료보험이라 기준 금액을 초과합니다. 이처럼 현실과 거리가 먼 정책으로 방과후강사는 열악한 처지에 있음에도 지원금을 받을 수 없는 상황이었습니다. 결국 저는 을지로 위원회 소속 국회의원들에게 호소하고 20여 차례의 기자회견, 100여 차례 언론 인터뷰 등을 통해 적극적으로 이 사실을 알렸습니다. 그러자 정부는 지난 5월 7일 중위소득 150% 이하의 특고들에게 3달 동안 50만 원씩 지원한다고 발표했습니다. 덕분에 대부분의 강사와 특고노동자들이 지원금을 받게 되었고, 오랜 가뭄 속에 단비를 맞게된 겁니다.

당장 급한 생계 문제를 해결한 것보다 더 유의미한 성과는, 강사들의 신분이 법의 사각지대에 놓여 있고 노동자도 사업자도 아닌 애매한 직업군이라는 위치에 머물러 있다는 걸 외부에 알림은 물론 강사들도 스스로 인식하게 만들었다는 겁니다. 방과후강사들은 학교에서 아이들을 가르치지만 비정규직이라는 이유로 유령처럼 지내고 있습니다. 코로나19와 같은 국가적 재난은 노동조합이라는 울타리가 없으면 강사 개개인이 얼마나 힘없는 존재인지 스스로 깨닫게 되는 계기가 되기도 했습니다.

저는 방과후강사의 신분이 법적으로 보장받으며 현실적으로 필요한 요구사항들을 이야기하기 위해 유은혜 교육부 장관 면담을 요구하는 피케팅과 농성을 장관 집 앞에 직접 찾아가 혼자 실행하였습니다. 덕분에 교육부와도 얼마 전 간담회를 가졌습니다. 교육부는 강사들을 위한 대출도 알아보기로 했고, 일자리도 약속하였습니다.

많이 우는 아기가 엄마 젖을 더 많이 먹을 수 있듯, 저도 비정규직과 특수고용직들의 열악한 현실을 개선하기 위해 분주하게 뛰어다녔습니다. 덕분에 조합원 수도 석 달 만에 600명에서 1,000명 이상으로 늘어났습니다.

방과후강사도 이 사회의 일원이자 학교의 구성원이고, 학교 교육의 한 축으로 26년 동안 묵묵히 자리를 지켜 왔습니다. 다만 정규직이 아니라는 이유로 차별받고, 국가적 재난 앞에서도 대출조차 받을 수 없는 현실은 반드시 개선되어야 합니다.

바이러스는 정규직과 비정규직을 가리지 않습니다. 감염병의 고통은 누구에게든 찾아올 수 있습니다. 이로 인한 사회적 아픔과 부담 역시 모두가 함께 나누고 짊어져야 하는 것이 하나님의 원리일 것입니다.

국가적 재난에 처했을 때, 약자만이 희생을 더 크게 짊어져야 하는 구조는 옳지 않습니다. 차별과 배제야말로 또 하나의 바이러스가 되어 사회를 병들게 할 것입니다. 코로나19는 교회 문을 닫게 할 정도로 무시무시한 병균입니다. 그러나 이러한 위기를 통해 하나님의 교훈을 찾고 더불어 살아가는 지혜를 배운다면 더 이상 이 땅에 바이러스가 찾아오지 않을 것입니다. 바이러스의 침입이 오히려 우리 사회의 사각지대를 드러나게 하며 차별 없는 사회, 평등한 사회로 나아가라는 하나님이 주신 깨달음이었음을 고백합니다.

그동안 너무 바빠서 엄마 노릇, 아내 노릇도 제대로 못한 저를 이해해준 가족들에게 사랑한다는 말을 전합니다. 그리고 저를 위해 격려와 응원을 아끼지 않고, 늘 기도해주신 목장 식구들에게도 감사 인사를 드립니다. 끝으로 저의 부족한 간증을 들어주신 성도님들께도 감사드립니다.

2020년 5월 10일

송곳들이 세상을 바꾼다

2,500명에게 문자를 보내고 서울에서 두 명이 내려왔지만 모인 사람은 단 4명뿐이었다. 휴가철과 폭염 탓으로 돌리며 서로 위로했다. 저들은 '자영업자'라고 주장하지만 이제 곧 노동조합 깃발을 들게 될 활동가 한 분이 "지금까지 전국을 다니며 수십 번 모인 중에 이런 때가 많았습니다. 그래도 저는 괜찮습니다. 저에게는 아무것도 아닌 일입니다." 라고 말하는데 목소리가 떨려 나온다. 이런 '걸림돌'과 '송곳'들이 세상을 바꾼다.

나는 "대표님은 수십 번 겪었다고 하셨지만 저는 이런 일을 수십 년 동안 겪었습니다. 저에게는 아무것도 아닌 일이지만, 여러분이 느낄지도 모를 좌절감이 걱정됩니다." 라는 말로 강의를 시작했다. 많이 준비했던 과자와 음료수들...

이 글은 2016년 7월 23일, 하종강 교수님의 SNS에 올라온 글이다. 하종강 교수님은 만화는 물론 드라마로도 만들어져 유명한 〈송곳〉의 모델로 많이 알려져 있다. 이날 나는 부산 YWCA에서 교수님을 모시고 '노동자'를 주제로 한 강연을 준비했다. 더불어 방과후강사 노동조합에 대해서도 알릴 계획이었다. 나는 부산의 방과후강사들에게 이 소식을 알리고자 했다. 우선 강사들의 연락처를 알기 위해 부산의 300여 개 초등학교 홈페이지에 접속하여 방과후학교 안내장을 일일이 찾아봤다. 당시에는 개인 정보에 대한 규정이 엄격하지 않아 연락처 확보가 어렵지 않았다. 그럼에도 방과후강사들의 연락처를 찾는 일은 꽤 많은 시간이 걸렸다.

그렇게 나는 방과후강사 2,500여 명에게 문자를 보내 이번 강연에 참석해달라고 수차례 요청했다. 그런데 당일, 부산 지역 방과후강사는 겨우 두 명만 참석했다. 나머지 두 명은 노동조합 간부였다. 교수님은 이러한 상황에 대해 많이 걱정했지만, 나는 좌절하지 않았다. 다만 부산 간부의 개인 돈으로 준비한 간식이 너무 많이 남아서 미안할 따름이었다.

그때를 인연으로 하종강 교수님은 내가 노동조합을 만들고 운영하는 과정에서 많은 도움을 주셨다. 교수님은 tbc 교통방송의 시사프로그램의 패널로 나가던 첫 방송 게스트로 나를 가장 먼저 불러줬다. 덕분에 방과후강사들의 열악한 고용 상황을 조금이나마 알릴 수 있었다. 생방송에 출연하는 게 처음이라 몹시 떨렸지만, 애써 나를 신경 써주신 교수님의 마음이 고마워 실수하지 않으려고 최선을 다했던 기억이 난다. 그리고 성공회대학교에서 주관하는 노동자 아카데미를 수강할 때도 교수님은 수업하기 전에 '5분 발언'이라는 코너를 만들어, 백여 명에 가까운 수강생들을 앞에서 우리 노조를 알릴 수 있도록 기회를 주기도 했다.

당시에는 하종강 교수님께서 왜 나를 특별히 배려하는지 알지 못 했다. 그러나 나는 시간이 지나면서 점점 깨닫게 되었다. 전국 단위의 노동조합, 그것도 비정규직도 아닌 특수고용노동자를 대상으로 하는 노동조합을 겁도 없이 시작한 내가 안쓰러웠던 것이리라! 그 험난한 길을 아무 경험도 없이 의욕만으로 시작했으니, 교수님 눈에는 내가 겪을 고난과 역경이 훤하게 보이지 않았을까.

하종강 교수님은 SNS에서 걸림돌과 송곳들이 세상을 바꾼다고 했다. 내가 6년 동안 노동조합을 운영하면서 세상을 얼마나 변화시켰을지 모르겠다. 그로부터 딱 4년이 지난 2020년 7월 23일, 하종강 교수님의 SNS에 다시 같은 글이 올라왔다. 당시 썼던 글을 다시 공유하면서, 그 아래에 짤막

한 글을 덧붙였다.

"이렇게 시작된 노조가 4년 만에 2천 명에 가까운 조합원과 6개 지부 규모로 성장했다. 이제 곧 11개 지부로 늘어난다. 몇 사람의 피 맺힌 노력이 현대 사회에서도 '기적'을 가능하게 한다."

그 기적에 이제는 더 많은 강사가 동참해주면 좋겠다. 방과후강사들은 선전전을 할 때도, 기자 회견을 할 때도, 집회에서도 몸을 사리는 경우가 많다. 바쁘다는 핑계, 수업이 있다는 핑계 등 이런저런 이유를 대지만, 그들의 진짜 속내는 학교가 자신의 얼굴을 알아보는 것이 두렵기 때문이라 생각한다. 나는 기적을 행하려고 노동 운동을 시작한 게 아니다. 노동자의 당연한 권리를 찾고 당당하게 일하고 싶을 뿐이다.

그동안 나는 너무 외로웠다. 오랜 세월, 항상 혼자 교육청과 면담하고 피켓을 들고 목소리를 높였다. 이제는 전국의 방과후강사가 노동자라는 이름으로 함께 기적을 만들어나간다면 더없이 좋겠다. 나는 조동화의 시처럼, 꽃 하나 없는 삭

막한 풀밭을 방과후강사들과 함께 아름다운 꽃밭으로 만들
어나가고 싶다.

나 하나 꽃피어
풀밭이 달라지겠냐고
말하지 말아라

네가 꽃피고 내가 꽃피면
결국 풀밭이 온통
꽃밭이 되는 것 아니겠느냐

조동화 「나 하나 꽃피어」

"세상 모든 것에 감탄하는 지혜로운 사람들의 공간"
도서출판 호밀밭

꿈꾸는 유령
방과후강사 이야기

ⓒ 2021, 김경희

지은이	김경희
초판 1쇄	2021년 04월 10일
2쇄	2021년 05월 01일
편집	박정오 책임편집, 임명선, 허태준
디자인	전혜정 책임디자인, 최효선
미디어	전유현, 최민영
마케팅	최문섭
종이	세종페이퍼
제작	영신사
펴낸이	장현정
펴낸곳	호밀밭
등록	2008년 11월 12일(제338-2008-6호)
주소	부산 수영구 광안해변로 294번길 24 B1F 생각하는 바다
전화, 팩스	051-751-8001, 0505-510-4675
전자우편	anri@homilbooks.com

Published in Korea by Homilbooks Publishing Co, Busan.
Registration No. 338-2008-6.
First press export edition April, 2021.
Author Kim, Kyung Hee
ISBN 979-11-90971-47-8 03810